小学館文庫

ミライヲウム

水沢秋生

小学館

1

すっかり忘れていたそのことを教えてくれたのは、リビングのカレンダーだった。十二月二十六日。つまり、今日の日付けに赤い丸がしてあった。丸の中には、父さんの字で「凜太郎《りんたろう》　二十歳《はたち》！」と書いてある。

寝起きのはっきりしない頭で自分が二十歳になったという感慨を探してみる。けれど、たいした感情は見付からない。

誕生日が楽しみだったのはいつ頃までだろう？

目を移したテレビ横のサイドボードには封筒が載っていた。表書きの「睦川《むつかわ》凜太郎様」という太々とした父さんのマジックの文字に苦笑する。

父さんは今年も字が汚い。丁寧に書こうとしているのは分かるけど、全体のバランスがどうにもおかしい。息子の名前を書く機会などこれまで数え切れないほどあっただろうに。

とはいえ、人のことは言えない。僕も字は下手なので。

字の上手下手も遺伝するのだろうか？　僕と父さんは体型や顔はあまり似ていない。父さんは僕よりも背が低く、全体に丸っこい。僕はその逆だ。父さんも僕もあまり運動神経はよくない。二人とも、ちょっとした段差で転んだりする。どうか、髪が薄いのだけは遺伝しませんように。

封筒の中には、「凛太郎　今年も君の誕生日を祝うことができてうれしく思う。君が生まれたのは、よく晴れた日のことで……」といった、毎年ほとんど同じ調子で始まる便箋三枚の手紙と、図書カードが入っている。

封筒を手にして和室に入り、部屋の隅の小さな仏壇の扉を開ける。うっすらとお線香のにおいがした。父さんは毎朝、仏壇のお線香を欠かさない。僕もほぼ毎朝、手を合わせる。

といっても、それほど神妙な気持ちになるわけではない。

母さんが死んだのは僕が一歳の頃だ。だから母さんのことはよく覚えていない。懐かしいとも、失って悲しいとも、思えない。

子供の頃、父さんに「どうしてぼくには、おかあさんがいないの？」と訊《たず》ねたこともある。けれど、それも寂しいからというよりも、ただ不思議だったからだ。そのときの父さんの答えは、「おかあさんはいるよ。お空の星になって、いつも凛太郎を見守っている」といったようなものだったと思う。

それでも単に手を合わせるだけというのも不人情な気がして、「二十歳になりました。産んでくれてありがとう。父さんは相変わらずです。二人でまあ、なんとかやってます」とかなんとか口の中でごにょごにょ言って、仏壇の扉を閉める。

そのとき、ちらりと思った。

この先、僕もいつか誰かと出会って恋をするのだろうか。その誰かと結婚して家族を、子供を持つことがあるのだろうか。

まあ、無理かな。

誕生日だろうがなんだろうが、誰にでもやらなければならない用事はある。僕の場合、それは大学の講義を受けることと、課題のレポートを提出することだ。今日は今年最後の出席日ということもあり、年内に学生課に提出しなければならない諸々《もろもろ》の書類もあった。

「よお」

掲示板の前で、軽く背中を叩《たた》かれて振り返ると、長野《ながの》が立っていた。

「ムッちゃん、ハッピーバースデー」

親しい友人は僕のことを「ムッちゃん」と呼ぶ。「凜太郎」と下の名前で呼ばれることは珍しい。きっと「ムッちゃん」のほうが呼びやすいからだろう。

「今日、六時ね」

今日は忘年会兼僕の誕生日を祝ってくれるということで、友達数人と長野のアパートに集まって鍋パーティの約束だった。

「みんな来るんだっけ？」

「うん。堺井《さかい》はバイトでちょっと遅れるらしいけど、樹《いつき》も立花《たちばな》も大丈夫。いつもの面子《メンツ》で代わり映えしないけど」

「そっちのほうがいいよ、気楽で」

「ところでムッちゃん、クリスマスはどうしてたの」

「バイトだよ」

長野は堪《こら》え切れないといったように、口元を緩めた。

「寂しいなあ」

聞いて欲しいんだろうな、と思って訊ねてやると、案の定、長野はこれ以上伸びることはないというぐらいに、鼻の下を伸ばした。

「長野は？」

「決まってるだろ、デートだよ、デート」

長野は最近、合コンで知り合ったという他大に通う女の子と付き合い始めた。それがうれしくて仕方がないようで、どこに出掛けただの、何を食べただの、彼女がどんなに可愛《かわい》いかだの、非常にどうでもいい話を聞かせてくれる。

「どこ行ったの？」

「なんとだな！　彼女が部屋に来て、メシ作ってくれたんだよ！　いいぞー、クリスマスに彼女がいるのは」

長野は今にも踊り出しそうなほどの上機嫌だった。

「ムッちゃんもあんまり選《え》り好みしてないで、早く彼女作ればいいのに」

「まあ、そのうちね」

「なんだよ、余裕だな……、あ、やばい。講義始まっちゃうよ。じゃあ、夜、またな」

教室へと駆けて行く長野を苦笑しながら見送り、レポートを提出するために教授棟へ向かおうとした。そのとき、いつの間にか隣に立っていた女の子に気付いた。

「睦川くん」

彼女が言った。

「私のこと、覚えてます？」

「ええと、確か一年のときに、同じ授業取ってた……」

彼女の表情には緊張がうかがえた。

悪い予感がした。

「今日、誕生日って聞いて」

彼女がバッグの中から、リボンの掛かった包みを取り出す。

「手袋なんだけど……、よかったら」

「あ、ありがとう。でも、もらっていいのかな。ほら、あんまり知らない同士だし……」

「いいの。もしいらなかったら捨ててくれても」

なんとか断ろうとしている僕の気配を察したのだろう。彼女が包みをぐいと前に出す。そのとき、彼女の手と僕の手がかすかに触れ合った。

小さく鋭い痛みが走った。同時に、膜が掛かったように視界が滲《にじ》んで、別の映像が浮かぶ。

〈落下する紙コップ。床に当たる。中から茶色い液体がこぼれる。飛び散る。白い靴が汚れる……〉

「睦川くん？」

彼女が声を上げて、僕は我に返った。

「どうしたの？」

彼女はきょとんと僕を見つめていた。

「ごめん、なんでもない」

僕は言いながら、彼女の靴を見た。真っ白なブーツ。そこにはシミひとつ付いていない。

まだ、今のところは。

「ありがとう」

僕は慎重に体を引きながら言った。

「でもごめん、これは受け取れない。これからレポート提出しないといけないんだ」

「あの……」

「じゃあ」

僕は一方的に言って彼女に背中を向け、駆け出した。

もしかして、彼女に伝えるべきだったのだろうか。

紙コップでカフェオレかココアを飲むときは気をつけて。せっかくのブーツが汚れてしまうことになるから、と。


自分の奇妙な体質に気付いたのは中学二年のときだ。

その頃、僕は同じクラスの女の子に恋をしていた。最初は隣の席になり、好きな音楽や映画や漫画の話で盛り上がった。そのうち一緒に映画に行こうということになって、僕が告白して、付き合うようになった。どこにでもある、ありふれた出来事だ。

付き合って初めてのデートで待ち合わせの場所にいた彼女は、白い膝丈のワンピースを身につけていた。可愛かった。髪形も凝った編み込みで、学校にいるときよりはるかに大人っぽく、一緒に歩いているだけで気持ちが舞い上がった。

遊園地に出掛けて、アトラクションを楽しみながらも、僕はいつ彼女の手を握ろうか、それればかり考えていた。これもまた、ごくごくありふれた出来事だと思う。

次に起きたことはそうではなかった。

僕はタイミングを見計らい、彼女と手を繋《つな》ごうとした。

その手が触れるか触れないかのところで、指先に小さく、短い痛みを感じた。

最初は静電気だと思った。こんなときに間の悪い、そう考えたのを覚えている。

そんな僕の思考とはまったく関係なく、目の前に映像が浮かんだ。


〈土砂降りの雨。途方に暮れるように立つ彼女。髪は濡《ぬ》れて乱れて、白いワンピースの裾には汚れが跳ねている……〉

「どうしたの？」

見ると、彼女は少し恥ずかしそうな顔をしていた。それだけだった。僕たちの手は、繫ぎ合わされていた。彼女が痛みを感じた様子もなかった。

大雨が降り出したのは数時間後のことだった。天気予報では晴れだったのに、あっという間に空が真っ暗になり、大粒の雨が地面を叩いて、土埃《つちぼこり》を含んだ茶色い飛沫《しぶき》になって跳ね上がった。

屋根のある場所に駆け込んだときにはもう遅かった。彼女の姿は幻の中で見た、そのままの姿になっていた。ワンピースの裾には点々と汚れが飛び、時間を掛けて整えただろう髪はあちこちがほつれて乱れていた。雨は一時間もしないうちに上がったけれど、彼女は機嫌を損ねて黙り込み、僕もそんな彼女に腹を立て、会話はなくなった。

それからは顔を合わせてもぎこちなく、二人の交際とも言えない交際は終わった。

初めて付き合った女の子と上手《うま》く行かなかったことには落胆したものの、自分が見たものについてはあまり考えなかった。

次は高校生のときだった。

僕は性懲《しょうこ》りもなく、一人の女の子を好きになった。その頃には、前の失敗を思い出すことも、ほとんどなくなっていた。

あるとき、僕は意を決して自分の気持ちを彼女に伝えた。彼女は恥ずかしそうに頷《うなず》いてくれた。ここまでは、まあ前回と同じだ。前回と違ったのは、手を繫ぐというステップをすっ飛ばしたことだった。

学校の帰り道、ちょっと寄り道をしようと、近くの見晴らしのいい公園に彼女を誘った。そこでベンチに座って、落ちていく夕日を見ながら、彼女に告白した。

夕日が、空と雲を溶かしたバターみたいな黄金色に染めていた。見ているだけで幸せになれるような景色だった。彼女が頷いてくれたのは、そんな風景のせいもあったかもしれない。

ほんのりと朱に染まる彼女の頬を見ているうちに、体が勝手に動いていた。彼女も僕の顔が近づくのに気付いて最初は目を大きくしたけれど、やがてまぶたが静かに閉じた。

僕たちはキスを交わした。僕たちの初めてのキス。人生で初めてのキス。心臓の鼓動で、息が苦しくなった。それでも幸せな瞬間だった。

唇に鋭い痛みさえ感じなければ。

僕は見た。車の助手席に座る彼女が、僕の知らない男に抱きついていた。その幻は、前回に比べてはるかに鮮明だった。

僕はいつの間にか閉じていた目を開いて、顔をのけぞらせた。

「びっくりした」

彼女も目を開け、そう言った。

そのとき思ったのは、彼女も同じ幻を見たのではないかということだった。けれど、彼女ははにかんだ顔をしていただけだった。

もう一度キスをしたのは一週間ぐらい経《た》ってから。たぶん同じ公園だった。

今度は、前よりも長く、激しいキスだった。そのせいなのか、映像は、以前よりさらにはっきりしていた。見知らぬ男の片手が彼女のスカートの中に入っていたことも、彼女が男の首筋に舌を這《は》わせていたことも、そのせいで男がハンドル操作を誤るところも見えた。

彼女が大学生の男とドライブ中に事故に遭って片腕を骨折したのは、それから二ヶ月後のことだ。最初、彼女は勉強を教わっていた家庭教師に、無理やりドライブに連れて行かれたと言い張った。信じたい気持ちはあった。無理だった。問い詰めると、彼女は白状した。二股を掛けた理由は「やっぱり車持ってる大学生のほうがカッコいいから」だった。

それ以来、恋人を作ろうとは思わなくなった。

「で、そのまま帰ってきちゃったわけ？」

堺井が鍋に伸ばした箸を止めて、呆《あき》れたように言った。

「ムッちゃん、それ、冷たいよ。相手の子、かわいそ」

「うるさいな」

台所で切った追加の具材を運びながら、僕は答えた。家での食事は父さんと交代で作っていることもあり、友達の家で鍋をやるときには、いつも僕が調理担当だ。

「まったく、どこから見てたんだよ」

腰を下ろした僕は隣に座る樹をにらみつけた。

「えへ。だってムッちゃんいるなー、と思って声掛けようとしたら、あの女の子が近づいて来たから、どうなるんだろうなーと思って、つい」

「つい、じゃないよ」

「相手の子、可愛かった？」

堺井が身を乗り出さんばかりにして訊ね、樹が頷く。

「可愛かったよー。あたしよりも五ポイントぐらい上だった」

「どういう単位なんだよ、そのポイントは」

樹は童顔で背が低く、全体的に幼児体型で、缶ビールを手にしていると、「こらこら君、中学生だろう」と言いたくなるが、こう見えて、この五人の中では、一番酒が強い。

「あー、なんでムッちゃんばっかり！」

堺井が大声を上げた。

「前もあったじゃん、こういうの！　俺のところに来てくれれば、即OKなのにさあ！」

　高校まではサッカーに打ち込んでそれなりにモテていたという堺井は、一年浪人して大学に入ってからはまったく女性に縁がない。合コンやらイベントやらマメに顔を出しているようだが、なかなか彼女ができないらしい。

「長野も彼女できちゃうしよー」

「お前もそのうちできるよ、ふふ」

「なんか、むかつくな」

「まあ、食え」

　立花が男のような口調で言って、堺井の器に豆腐を入れた。

「味が染みて美味《うま》いから」

「おお、俺の気持ち分かってくれるのは立花だけだよ……、熱！　なにこれ、あ、熱！」

　立花は騒ぐ堺井を無視して、長い髪をかき上げるとコップに満たした日本酒をくいっと空けた。

「それにしてもモテるよな、ムッちゃんは」

　立花が言いながら、抱えた一升瓶から酒を注《つ》ぐ。立花も樹と同じぐらい、酒が強い。逆に僕も含めた男性三人は、それほどではない。その証拠に、飲み会をやって最後まで潰れずに残っているのはいつも立花と樹だ。

「そんなことないよ」

「そんなことないよ?」

立花が僕の口ぶりを真似《まね》て言う。

「そんなことなくないだろ。告白されるたびに断って、女の子泣かせてるけど」

棘《とげ》のある口調で、思わずむっとした。僕だって泣かせたくて泣かせているわけじゃない。

「まあ、どっちでもいいけど」

そう言うと、立花は白い喉を反らせてコップの酒を飲み干した。

この五人が知り合ったのは大学に入ってすぐの頃だ。大学主催の新入生懇親会で、たまたま同じテーブルに座ったというそれだけの縁が、今も続いている。

ただ実を言えば、どことなく冷たく、取り澄ましたところがある立花のことは少し苦手だった。ときどきやけに攻撃的になるのを見れば、きっと立花も僕のことがあまり好きではないのだろう。

「朋《とも》は、どうなの」

僕と立花の間の妙な空気に気付いてか、樹が助け舟のように言った。

「なにが」

「彼氏だよ。朋もモテるじゃん」

「興味ない」

立花はそっけなく言った。

確かに、立花の見た目は十分美人の範疇《はんちゅう》に入るだろうし、背も高く、脚も長い。だからモテても不思議はない。もう少しで腰に掛かるほど長く伸ばした黒髪を見て、「清楚《せいそ》だ」「女らしい」と騒ぐ男子も多い。だが無愛想で、笑顔を見せることもほとんどない、そんな女の子を好きになる男の気持ちが僕には分からない。おまけに、大酒飲みだし。

「恋愛よりも、本読んでるほうがいい」

「えー、恋愛、いいよー！　楽しいよー！」

樹が満面の笑みで切り返した。樹は高校時代の先輩と付き合っていて、今は遠距離恋愛だが、休みになるたびマメに地元に帰って、本人曰《いわ》く「着実に愛を育んで」いるらしい。

「お肌もつやつやになるしねー。エステいらず」

朗らかにそう言う樹に、堺井が「いやらしい意味？」と訊ね、立花は嫌悪感をあらわすように肩をすくめる。

「お正月、また帰るんだ？」

僕が訊ねると、樹は急に泣き真似をしてみせた。

「それがねー。彼氏、サービス業だから、大晦日《おおみそか》も元日もお仕事なんだってー。四日からは休みが取れるって言ってたけど、それまで会えないのー。だから、どうしようかなと思ってー」

「他のやつらはどうすんの、正月休み」

長野が言った。

「俺は彼女とデートだけど」

「聞いてねえし。俺はバイトだから、帰らない」と堺井。

「三が日は実家に帰るけど、大晦日までは予定なし」と立花。

「まったく予定なし」と僕。

「じゃあさー、カウントダウンの花火、みんなで行かない？」

にわかに元気を取り戻したように樹が言った。

「この面子で行ったこと、なかったよねー？」

「それはあんたが、休みになったらすぐに田舎に帰っちゃうからでしょ」

立花が言って、それから少し考えるような素振りを見せた。

「でもまあ、たまには、いいかもね」

その言葉は、ちょっと立花らしくない気がした。

「なによ」

僕の視線に気が付いたのか、立花が眉を寄せる。

「いや、珍しいなと思って」

僕の気持ちを代弁するように堺井が言った。

「立花こそ、そういうイベントに誘っても、行かないじゃん」

「樹がこっちに残るのもめったにないし」

立花が言った。

「それに、来年は就活の準備とかで忙しいかもしれないから、今年ぐらいでしょ、こういうのも」

その言葉に、思わず僕たちは黙り込んだ。

「就活かあ」

長野がぼんやりと言った。

「確かになあ。インターンとかあるし。その準備とかしといたほうがいいだろうしな。早いうちにバイトして、金も作っとかないと」

「来年の今頃は、どんな感じなんだろう」

気付くと僕も呟《つぶや》いていた。

「一年なんて、あっという間なんだろうな」

帰り道、僕は自分の将来のことについてぼんやり考えていた。就活の話になったからだろうか。それとも二十歳になったせいか。

今の僕にはこうしたい、こうなりたいというはっきりした考えはない。安定していて、ほどほどに自分の時間が取れる仕事に就ければそれでいい、考えていたのはその程度だ。

就職して、さらにその先となると、これはもう、まったく霧の中だ。

一年後、五年後、十年後。自分はどんなふうになっているのだろう?

そんなことを思いながら家に帰りついたのは、十二時を少し回った頃だった。

玄関のドアを開けると、廊下とリビングを隔てるすりガラス越しに光が明滅しているのが見えた。そこに物音と、かすかなうめき声が混じる。

一瞬ぎょっとしたものの、すぐにそれが、毎年恒例の行事であることを思い出した。

僕はわざと騒々しく足音を立てて一度洗面所に入り、時間を掛けて手を洗って、うがいをしてから、リビングに向かった。

「お帰り」

ソファに座った父さんがこちらを振り返って言って、盛大に洟《はな》をかむ。

テーブルにはウイスキーの水割りが置かれ、薄暗い中でも、はげた頭のてっぺんまで真っ赤になっているのが分かった。テレビ以外の明かりはないからはっきりとは見えないけれど、目も鼻も同じように真っ赤になっているのだろう。

「ただいま」

そんなことにはまったく気付かないふうを装ってソファに腰を下ろすと、テレビの画面に目を向けた。

一時停止になった画面には、一本だけロウソクの立ったケーキがノイズにぼやけて映っていた。ケーキには小さなプレートが載っていて、その文字ははっきりとは見えない。けれど、僕はそこに何が書いてあるのか知っている。

「ハッピーバースデー　凜太郎　一歳」。プレートにはそう書いてあるはずだ。

「また見てるの」

僕が訊ねると、父さんは鼻をぐずぐず言わせながら、「うん」と頷いた。

僕の誕生日、夜中になると酒を飲みながら、そして泣きながら、このDVDを見る。それが父さんの毎年の習慣だ。一時停止を解除すれば、カメラが引いて、十九年前の僕がロウソクの火を吹き消そうと奮闘して吹き消せず、その頃にはまだ生きていた母さんが代わりにふうっと息を送るだろう。そして父さんと一緒に「ハッピーバースデートゥユー」と歌い出すはずだ。父さんと母さんは大学の同級生として知り合った。今、父さんは確か四十八歳だから、このときは、二人とも二十九歳。

「誕生日、おめでとう」

　隣に座っている現実の父さんが言った。

「二十歳だなあ」

　そう言った声は潤んでいて、それを隠そうともしなかった。

「大きくなったなあ、本当に」

　父さんは洟をすすり上げ、それから水割りを喉に流し込んだ。

「飲みすぎないでよ」

　僕は一度立ち上がり、キッチンで自分の分と父さんの分の水を汲《く》んで、テーブルに置いた。

「ああ。すまん」

　そう言ってはいたが、父さんが飲みすぎることは分かっていた。

　父さんは酒に弱い。僕も強いほうではないけれど、その僕よりも弱い。だから普段はほとんど飲まない。でも、この日だけは別だ。必ずグラスにウイスキーを注ぐ。

　この習慣に気付いたのは、中学生の頃だった。

　たぶん、初めて父さんとは別々に誕生日を過ごしたとき。もっと子供の頃は、父さんや親戚や、父さんと母さんを知る人が大勢集まって、僕の誕生日を祝ってくれていた。誕生日の前々日、クリスマスイブからの三日間は、必ず誰かが家に来ていた。たぶん、母親のいない僕への気遣いだったのだろう。僕の友達も呼んでもいいと言われていたし、小学生の頃はそうしていた。けれど、中学生になると家族と一緒にお祝いをするのも照れくさく、その日は出掛けて、友達の家で過ごした。そして特に夜遅くなることもなく、家に帰って、眠りについた。

夜中にふと目を覚ましてトイレに行ったときだった。廊下からのぞくと、リビングのソファに座った父さんが何かのビデオを見ていた。

テレビを前にした父さんは、タオルを口に押し当てて、声を殺して嗚咽《おえつ》していた。最初は、具合でも悪いのかと思った。けれど父さんはときたまタオルを口から離して、それでごしごしと顔を拭いて水割りを飲み、またタオルに顔を埋め、うー、うー、と声にならない唸《うな》り声を発していた。

その姿はあまりに異様で、声を掛けることはできなかった。

父さんは画面を見ながら泣いて、泣いて、泣いていた。その途中にグラスに入ったウイスキーをあおり、咳《せ》き込んではまた泣いた。

父さんが泣くのを見たことがないわけではない。というか父さんは涙もろいほうで、テレビを見ても、しょっちゅう涙ぐんでいた。ハッピーエンドのドラマや映画でも「よかったなあ、幸せになって」と、泣く。そういう父親を見て、この人は会社でちゃんとやっていけているのだろうかと思ったこともある。

それでもこんなふうに、心のどこかが壊れたように泣いている父さんを見たのは初めてだった。

結局、声を掛けることはできず、そのまま自分の部屋に引っ込んだ。

次の日、父さんは青い顔をしていたがそれ以外はいつもどおりで、二人分の朝食を用意して「行ってきます」と会社に行った。

学校も冬休みで、家にいても宿題ぐらいしかやることのない僕はなんとなく思い立って、リビングのＤＶＤデッキを調べてみた。中には昨日父さんが見ていたものと思《おぼ》しきＤＶＤが入っていて、表にはマジックで「凛太郎、一歳の誕生日」と書かれていた。

再生すると、画面に現れたのは若い女性だった。ほとんど記憶がないのに、それが母さんだということはすぐに分かった。腕の中には赤ん坊がいた。

画面の中で、母さんは「やめてよ、もう！」と言いながら、こちらに手のひらを向けていた。「恥ずかしいから！」と。その声は笑っていた。「いいじゃない、せっかくの記念なんだから」と画面の外から聞こえたのは、今とあまり変わらない父さんの声だった。

僕はしばらくそれを眺めていたが、最後まで見ることはなかった。なんだか複雑な気分だった。

それからの誕生日は、友達と出掛けることもあれば、家にいることもあった。けれど夜中になると、リビングから物音と父さんの泣き声が聞こえることは変わらなかった。

今年も父さんは同じ映像を見て、同じように泣いている。

今も父さんは母さんのことを愛しているのだろう。恐らくは、映像の中の、若いときそのままの気持ちで。

それほど人を好きになるというのはどんな気持ちなのだろう。その人を失うぐらいなら初めから出会わなければよかったと、そんなことを思いはしないのだろうか？

僕にはなにも分からない。

「おやすみ」

僕は立ち上がった。

「ああ、おやすみ」

父さんが腰を上げる様子はなかった。たぶん、この後も父さんは思う存分泣くのだろう。そして明日は青い顔をして二日酔いの頭を抱えながら、それでも朝早くに起きて会社に行くのだろう。

大晦日、待ち合わせの駅で、構内の柱にもたれる立花の姿を見つけた。立花は一人でスマホに目を落としていた。まさか晴れ着なんかを着てくるはずはないと思っていたが、黒のロングコートに黒いブーツ、長い黒髪を無造作に垂らしているだけというめでたさのかけらもない格好だった。スタイルがいいせいか、そんな姿でも陰気な感じがしないのが不思議だ。機嫌が悪いのか、単にいつもどおりなのか、眉の間に皺《しわ》が寄っているのが離れたところからでも分かった。

「早いね」

駆け寄った僕に、立花はきつい視線を向けて来る。

「携帯、つながらない」

ポケットからスマホを取り出して見ると、画面は真っ暗だ。

ついつい充電を忘れて気付いたら電源が落ちているというのは僕の悪い癖で、それなら充電できるものを持って歩けばいいと思うのだが、それすら忘れてしまう。

「何か連絡くれた？　他のやつは？」

僕が訊ねると、立花は不機嫌そうに言った。

「来ない」

「え。来ないって」

「長野は彼女が急病、堺井はインフルエンザ」

「樹は？」

「彼氏が来るからって」

「仕事じゃなかったの」

「サプライズだって」

「どういうこと？」

「だからその彼氏が、樹をびっくりさせようって、今日、仕事終わってからこっち来たってこと。それで樹から、『ごめーん！　でもー、彼氏が来ちゃったからー！　行けないのー』って」

「似てるね、樹の物真似」

「うるさいよ」

立花はにこりともせず、いらだたしげに長い髪をかき上げた。

「とにかく、私とムッちゃんと二人になっちゃったからどうするって連絡したんだよ。そしたら、つながんないし」

「それは……、ごめん」

「で、どうする？　行く？　中止？」

そう言うと、立花は睨《にら》みつけるように僕を見た。

「私と一緒にいても、楽しくないだろうから、中止でもいいよ」

正直なところを言えば、立花の言う通りだった。二人でいても、とても楽しい年越しにはならないだろうし、立花のほうも僕と一緒にいたいわけではないだろう。が、立花の言いなりになるのも何か腹立たしい。

「せっかくだし、行こうよ」

「あ、そ」

立花はさっさと歩き出した。僕もあわててあとを追う。

「こういうの、行ったことある？」

立花も僕が断るのを期待していたのかもしれない。そう思いながら訊ねた。

「こういうのって」

「大晦日から初詣とか、カウントダウンイベントとか」

「あるように見える？」

やっぱり、帰ったほうがよかったかもしれない。

そう思ったとき、不意に酸っぱいような、甘いようなにおいを感じた。

僕はまじまじと立花の顔を見た。

「もしかして、飲んでる？」

「悪い？」

きつい口調で言ってから、立花はちょっと顔を俯《うつむ》けて、手のひらを口に当てた。

「におう?」

「っていうほどじゃないけど」

「ちょっと時間あったから」

ぼそぼそと立花が言った。

「部屋の大掃除してて、それが案外早く終わっちゃって。ちょうど飲み残しの一升瓶が見付かったから、時間つぶしにちびちび飲んでた」

おっさんか。

「ねえ」

立花が言った。

「ちょっとだけ飲んでから、行かない」

「今?」

もう飲んでるんだろう? そう言いかけたけれど年が変わるまでにはまだ時間があるし、カウントダウンの花火を眺められる公園までは歩いてすぐだ。今から行けばいい場所を取れるかもしれないが、寒空の下で待ち続ける羽目になる。しかもその間、立花と二人きり。ここは多少、アルコールの助けを借りておくのも悪くないような気がした。

「いいよ。そうしようか」

駅の外に出ると冷たい風が吹きつけて来た。今年は暖冬だと言っていたような気もするけれど、やはり寒いものは寒い。

「あそこでどう」

立花の視線の先には、のれんが掛かった立ち飲み屋があった。どう見ても中高年以上向けといった店構え。でも、立ち飲み屋なら軽く飲むにもぴったりだ。

店に入ると、もわりと湿度を含んだ暖かい空気に包まれた。外が寒かったせいで、手足の先がじわじわむず痒《がゆ》くなる。

大晦日でも店は繁盛している。店の隅の一段高くなった場所にはテレビが置かれ、紅白歌合戦が流れている。

空いた場所を見つけてそこに滑り込むと、立花は熱燗《あつかん》、僕はちょっと迷ってから、カルピス味のサワーを頼んだ。

「女の子みたいなもの頼むね」

立花がそんなことを言ったが、決然と無視した。少なくとも今は口論をするつもりはなかった。止めてくれる人もいないし。

注文したものが運ばれて来て、僕たちは乾杯した。といっても、お互いの飲み物を軽く掲げただけだ。

「初めてだよな」

さっさと最初の一杯を空け、熱い日本酒を注ぎ足しながら立花が言った。

「何が？」

「ムッちゃんと二人で飲むの」

「そういえばそうだ」

何か返事が返ってくるかと思ったが、立花はそこで口を閉ざし、僕も言うことが見付からず、会話が途切れた。

「なんかつまもうか」

立花が唐突に言って、僕の意見を聞くこともなく、適当に注文し始めた。しばらくすると、へしこ、ぬた、湯豆腐、といった品が運ばれてくる。

「渋い」

他意はなく、見たままを言っただけなのだけど、立花が眉の間に皺を寄せて、僕を睨んだ。

「悪い？」

ため息が出そうになった。

「悪くない」

「悪いって思ってるでしょ」

「思ってないって」

「いや、思ってる」

「あのさあ」

僕は思わず言った。

「なんでそんなに絡むの」

言ってからしまったと思ったが、手遅れだった。それに、ちょっとうんざりし始めていたのも本当だ。

普通に話しているだけなのに、どうしていつもこうなってしまうのだろうか。というか、なぜ立花はこんなに絡んでくるのか。

初対面のときからこうだったのかと入学したばかりの頃を思い出してみたけれど、はっきりした記憶はない。立花にどんな印象を持ったのかも思い出せない。髪が長くて色の白い、きれいな子だなと思ったような気はするものの、定かではない。

「ごめん」

隣からため息のような声が聞こえた。聞き間違いかと思った。

そうではなかった。隣で立花は湯豆腐に目を落としてそう繰り返していた。

「ごめん」

「私、いっつもムッちゃんに突っかかってるよね」

そんなことないよ、とは言えなかった。実際その通りだったので。

「こんなつもりじゃ、ないんだけど」

立花はぼそぼそと言って、再び熱燗を注いだコップを空けた。

そのときになって僕はようやく気付いた。

「もしかして、結構酔ってる？」

「酔ってない」

酔っ払いが即答するときは、酔っているに決まっている。よく見てみれば、一見、まっすぐに見える上半身もゆらゆらと揺れている。

「すみませーん！　熱燗もうひとつ！」

にもかかわらず立花は大声で言った。

「大丈夫？　家、出る前も飲んでたんだよね？　どれぐらい飲んだ？」

「半分ぐらい」

「半分って、一升瓶の？」

「そう」

そりゃ、酔うわ。

「もうやめとけよ」

僕は新しく運ばれてきた熱燗を遠ざけようとした。

「いやだ。飲む」

だが立花は僕の手を遮って、再びコップに酒を注いだ。手元もあやしいように見えたが、不思議なことに酒は一滴もこぼれなかった。

「じゃあ、代わりに水も飲め」

仕方なくそう言って店員に自分と立花の分の水を注文した。立花は逆らわなかった。それどころか、運ばれてきた水を二口三口、飲みさえした。

「前から聞きたかったこと、あるんだけど」

しばらくして、小さな声で立花が言った。

「なに？」

「その……、答えたくなかったら答えなくてもいいんだけど」

酒場の喧騒《けんそう》もあって聞き取りにくく、僕は思わず耳を寄せた。酔っ払うと声が大きくなるやつは多いけど、小さくなるのは珍しい。

「答えられるなら答えるよ」

「あのさ……、ムッちゃん、何度か女の子から告白されて、断ってるじゃん。それって、その……、つまり……、男性がいいの？」

僕は一度寄せた顔を離して、しばし、立花を見つめた。

「あ、ごめん。私に関係ないよね」

立花があわてた様子で言った。

「いや、そうじゃなくて」

僕は少々、戸惑いながら答えた。

「っていうか、なんでそんなこと聞くの」

「その……、不思議でさ。結構可愛い子もいたらしいし、堺井も長野ももったいないって言っているし……、あの、私、そういう、なんていうか、ゲイの子とかの知り合いがいないから、失礼な接し方してたら、申し訳ないなと思ってて……」

言葉の最後は、ほとんど聞こえないぐらいに小さな声だった。

男が好きなの？　と聞かれることは初めてではなかった。そういうとき、相手の顔は半ば冗談、半ば本気という感じで、僕も、そう見える？　とか、どっちだと思う？　とかなんとか適当に返事をしていた。

でも、立花がそういう質問をしてくるとは意外だった。立花は自分の恋愛の話を一切しないのと同様、他人の恋愛などちっとも興味がなさそうだった。

「違うよ」

僕は迷った挙句、正直に答えた。

「そう、なの？」

「うん。女の子がいい、と思う。もしかしたらそうじゃないかもしれないけど、今のところは」

「じゃあ、なんで告白されても付き合わないの」

立花が僕のほうに顔を突き出した。ずいぶんアルコールが回っているのか、目は潤み、顔はピンク色だった。

「水飲んだら教えてやる」

僕が言うと、立花は素直にコップを手にしてこくこくと水を飲み干した。

「飲んだ」

「よし……、っていっても大した話じゃないんだ。昔、ひどい目に遭って」

「ひどい目って」

「二股かけられてたんだよ。高校生のとき……」

僕は話した。彼女が大学生の家庭教師とも付き合っていたこと、車の事故でそれが明らかになったこと。

もちろん、キスしたときに未来が見えた、なんてことは黙っていた。ただ、隠したのはその部分だけで、あとはすべてを正直に話した。

「で、それがトラウマになって、女の子と付き合いたいとは思えなくなったたって、そういうこと」

この話は今まで誰にもしたことがなかった。どうして立花にこんなことを話しているんだろう？　アルコールのせい、飲み屋の雰囲気のせい、もしかしたら紅白歌合戦のせいかもしれない。

　気付けば、立花はじっとうつむいていた。

　もしかして寝てるのか？　そう思ったとき、立花の手が伸びてコップをつかんだ。残った日本酒をきゅっと飲み干す。

「そろそろ、行こうか」

「あ、ああ」

　割り勘で勘定を済ませて店を出た。店の中が暑かったこともあり、寒さはそれほど感じない。

「じゃあ行くか」

　と言ったとたん、立花がよろけた。

「危ない」

　僕はとっさに腕を伸ばして、立花の肩をつかんだ。

「ごめん」

　立花は言った。が、僕が手を離すと、数歩も歩かないうちに体がゆらゆらと揺れる。危なっかしくて見ていられず、思わず立花の背中に手を添えた。

　もちろん現実以外の何かが見えることはなかった。服の上からだったこともあるだろう。だが、もし素肌同士が触れたとしても、何も見えないような気がした。

毎日生活していてできるだけ注意を払ってはいたものの、たとえばコンビニで買い物をして店員さんの手に触れてしまうようなことはあった。けれど、触れたからといっていつも未来が見えるわけではない。むしろ、見えることはほとんどなかった。どうやら何かが見えるのは、相手か自分が恋愛感情を抱いている場合に限られるらしい。

「大丈夫か？」

立花の足取りはさっきよりもふらついている。立花がこんなに酔っているのは初めて見た。酒が強いのに、珍しい。

周囲には、公園に向かうらしい人が続々と増えつつあった。きっと僕たちと同じように、今までどこかで時間を潰していたのだろう。

「ちょっと座ろう」

目に付いた大きなコンクリートの花壇のへりに立花を座らせると、近くにあった自動販売機でペットボトルの温かいお茶を買う。

「これ飲んだら落ち着くかも」

「ありがと」

立花が言って、うつむいた。

「ムッちゃんは、優しいね」

「そんなことないよ」

「誰にだって優しい」

褒めている口調ではなかった。その証拠に、すぐに「ごめん」と呟く声が聞こえた。

「行っていいよ」

「え？」

「先、行っていいよ」

「なに言ってんだよ」

「だって、ここにいたら花火、見れなくなる」

「ここから音だけでも聞いてればいいよ」

立花はかすかに頷いたように見えた。

僕は目の前を通りすぎる人たちを眺めた。たまに同性同士やグループもいるが、ほとんどが男女の二人連れ。さっきまでは渋滞しながらもゆっくりと前に進んではいたけれど、その流れも止まりがちになってきた。空を見上げる人も増えている。街頭ビジョンの時計を見ると、年が変わるまではあと十分ほどだった。

「さっきの話」

立花が急に口を開いた。

「なに？」

「高校生のときの、二股の、話」

「ああ」

「これからも、誰も好きにならないの」

「わかんないよ。それより立花は？　好きな人、いないの？」

「……いるよ」

意外な返答だった。

「へえ、誰？」

と、訊ねたものの、答えが返ってくるとは期待していなかった。実際、立花は口をつぐんだままだ。長い髪に遮られて、どんな表情をしているのかも分からない。

少しだけ、うらやましいと思った。好きな人がいるという立花のことも。今目の前を通り過ぎていく人たちのことも。

普通に人を好きになれること。その人と、手を繋いだり、キスをしたり、やがては結婚したり、そんな未来を作っていけること。

僕には、できないだろう。

最初は手を触れて、その後はキスをして、僕は何かを見てしまった。手を繋ぐよりもキスをしたほうが映像は鮮やかだった。そして同じキスでも激しいときのほうが、より長く、くっきりとした、重大な未来が見えた。

もし、誰かのことを好きになって相手も僕のことを好きになれば、当然手を繋ぐし、キスもする。もちろんセックスだってするだろう。

そうしたら、何が見える？　何を見てしまう？

今ではもう、人を好きになるのがどんな気持ちだったのかも分からない。

遠くから、どん、と腹に響く音が伝わって来た。同時に、ビルの向こうから歓声が上がり、その後に「9！　8！　7！」とカウントダウンが聞こえてくる。

「今年も終わりだなあ」

立花はうつむいた姿勢のままで、何もこたえなかった。もしかしたら本格的に寝てしまったのかもしれない。

僕は苦笑しながら、空を見上げた。

こんなふうに年越しをするとは思わなかった。でもあとで思い出したら、これもいい思い出になるかもしれない。

もうすぐやって来る新しい年は、一体どんなふうになるだろう。何が起きるか分からないにしても、それほど波乱があるわけじゃないだろう。これまでのように平穏に、毎日を過ごせれば、それが一番だ。

「3！　2！　1！　0！」

歓声とともに、次々に破裂音が聞こえた。ビルの端のほうから、カラフルな光の王冠の端っこが顔を出す。空には煙がたなびき、それが町の光と花火を受けて、赤や緑、青に染まる。

一際大きな、赤い花火が花を広げたときだった。

「ムッちゃんなの」

耳元で声が聞こえた。

振り向くと、すぐ目の前に立花の顔があった。

「私の好きな人。ムッちゃんなの」

口にぎゅっと柔らかいものが押し付けられた。唇と唇が触れ合うというような生易しいものではなく、唇が潰れて前歯同士が衝突した。

その痛みで、酒のにおいも気にならなかった。いや、正確に言えば、歯が当たった痛みも大したものではなかった。それよりもはるかに鋭い痛みが、唇に走った。

そして僕は、未来を見た。

☆

恋はするものじゃなくて落ちるもの、なんてことを言う人がいる。けれど、私にとっては落ちるものだろうが降って来るものだろうが正面衝突するものだろうが、そんなことはどうでもいい。

好きになったから好きになった。

じゃあ私は、いつ彼のことを好きになったのだろう？　今になってそんなことを考えてみる。初めて話をしたとき？　一緒にお酒を飲んだとき？　あるいは……、初めて彼に会ったとき？

覚えていない。

覚えているのは、たとえばこんなことだ。

初めて会ったとき、私と彼は同じ大学の新入生同士で、いかにも学生向けという安っぽい居酒屋にいた。最初の席はくじ引きで彼は斜め向かいに座っていた。それまで彼とは口をきいたことはなかった。彼はあまりアルコールが得意ではないらしく、ジュースかカクテルか区別のつかないような可愛い色の液体をちびちび舐《な》めながら、その合間にお箸でフライドポテトをつまんでいた。

出身や学部といった一通りの自己紹介が終わり、周囲のおしゃべりを聞きながら、私はぼんやりと彼がポテトをつまむ様子を眺めた。

二本の箸の先端に近い場所でポテトをつまんで、そっと山から抜き出す。まとめて取るようなことはしない。あくまでも、一度に一本だけ。どんな場所から抜き出しても山は少しも崩れない。そのお箸の使い方はとても上手で、丁寧だった。食事というよりも難しいパズルに取り組んでいるようにも見えた。

ポテトを抜き取るとき、彼はその山を見ていなかった。隣に座った男子と話をしながら、びっくりするような緻密さで、ポテトを抜き出した。

やがて右隣だったか左隣だったか忘れたが、どちらかの学生が手を伸ばして、指でポテトをつまんだ。そのとき、なんだかこれまで完璧だった宇宙が壊れたような気がしてがっかりしたことを覚えている。

あるいはこんなことも覚えている。

彼の姓は「睦川」といった。とても珍しいというわけではないけれど、ありふれているというわけでもない。だから彼の顔と名前は初対面で覚えた。といってもフライドポテトの件を除けば、特に印象に残ったことはない。

印象深かったのは、そのあとだ。大学の構内の、アルバイトを斡旋《あっせん》してくれる学生課の前で偶然に彼を見かけた。あちらも私に気付いて、軽い会釈を交わした。とはいえ会話はなく、私たちは無言ですれ違いかけた。

「ムッちゃん！」

彼と私は同時に声のほうを振り向いていた。別の男子学生が彼のことを呼び止めていた。

ムッちゃんて呼ばれてるんだ。

前に向き直り再び歩き出したけれど、笑いを抑えることができなかった。私は、実家で飼っていた犬のことを思い出していた。

ムツが家にやって来たのは私が三歳か四歳の頃だ。白くてむくむくした大きな犬だった。どういう経緯でその犬が家に来たのか、また「ムツ」と名づけられるようになったのかは知らない。私が知っているのは、そのムツがいつしかムッちゃんと呼ばれるようになったこと、それから、男らしい顔立ちとでかい図体《ずうたい》に似合わず、稀《まれ》に見る根性なしだったことだ。

散歩に出て知らない犬に出くわすと、相手が小型犬でもこそこそと引き返そうとするし、家族の誰かが大声を出せば自分が叱られたのだと思って小屋に隠れる。水が嫌いで、体を洗われるときには早くこの時間が終わってくれないかと震えながら祈るような顔をして、雨が降っただけでも、くんくんと鳴き声を上げる。ムツはそういう犬だった。

こっちのムッちゃんはどうなのだろう？　そういえばちょっと犬っぽい顔をしているけれど、ムツと同じように、意外なものが怖かったりするのだろうか。

私はそんなことを思っていた。

今、どれだけ考えても分からない。

私はいつ、ムッちゃんのことを好きになったのだろう？　なにがきっかけだったのだろう？　まさか、フライドポテトを上手につまめるとか、昔飼っていた犬と同じ呼び名だとか、そんなことが理由ではないとは思う。けれどそれがまったく無関係だったとは限らない。もし彼がお箸の使い方が下手だったり、私の家が根性なしの犬を飼っていなければ、ムッちゃんのことを好きになることはなかった？

そうかもしれない。もしかすると、私は別の誰か、たとえばお箸が上手に使えて、昔飼っていた犬を思い起こさせるような、でもムッちゃんではない人のことを好きになっていたかもしれない。けれど、現実の彼はお箸を上手に使い、私の家は犬を飼っていて、そして私はムッちゃんのことを好きになった。

けれど、自分の気持ちをムッちゃんに伝えようとは思わなかった。

私は昔から他人に心を開くのが苦手だった。子供の頃にいじめられたとか、こっぴどく振られたことがあるとか、そういうわけではない。弟が一人いたから、男子に慣れていないというわけでもない。

それはムツが怖がりだったのと同じだろう。単に、怖かったから怖かった。

もし私が心を開いて、相手から拒絶されたら？　そんなことを想像すると、心を開かないほうがまし、そう思えた。ムツのことは馬鹿にできない。馬鹿にするつもりもないけれど。

私がムッちゃんに気持ちを伝えないことには、もうひとつの理由もあった。

ムッちゃんはやけに女の子から人気があった。際立った容姿をしているというわけではない。もっと言うなら額が広くて、中年になったらはげるだろうなという感じがした。けれど清潔感があり、優しくて、いつも穏やかなムードが漂っていた。何人かの女の子たちから告白されているという話も聞いた。でも、彼が特定の人と付き合うことはなかった。

そして私は、ムッちゃんが誰かから告白されたという話を聞くたび、やきもきしていた。

「ムッちゃんは、たぶん理想が高すぎるんだよ」

同級生のひとりはそんなことを言っていた。

「もしかしたら、初恋の人を忘れられないとか」

別のひとりはそんなことを言った。

ひょっとすると、どちらかが正解だったのかもしれない。でも、私にとってはどちらでもよかった。私が高すぎる理想を満たすような容姿や性格の持ち主ではなく、またムッちゃんの初恋の人でない以上、どちらでも同じことだ。

しばらくして、それなりに大学生活にも馴染《なじ》み、ムッちゃんとはそこそこ話をするようになったけれど、私は自分の気持ちをひた隠しにしていた。

女同士というものは、恋愛の話が好きだ。いや女同士だけではない。大学生というものは、ちょっと相手と親しくなると「彼氏いるの？」「好きな人はいるの？」などという話題になる。けれどそういうときでも、私は「好きな人はいない」「恋愛には興味ない」「それよりさ」で、通していた。

ムッちゃんと話をするときには、ポーカーフェイスを装っていたけれど、実際には緊張のあまりガチガチで、思わずぶっきらぼうになってしまい、もうちょっと女らしくすればよかったと一人になってから落ち込んだ。

私がそうやって悩んでいる間も、ムッちゃんは言い寄ってくる女の子を振り続けていた。

時折、自分がそんな女の子たちのひとりになることを想像した。

とてもじゃないが、耐えられなかった。もし告白したら、優しいムッちゃんは「ありがとう、でもごめん」などと言うのだろう。または「友達でいよう」などと。そんなことを言われるぐらいなら、「君の事は好きじゃない。女としての魅力が絶望的だし」と言われたほうが、まだマシだった。でも絶対に、ムッちゃんはそんなことを言わない。

とにかくムッちゃんは優しいのだ。そして誰にでもにこにこしているようなムッちゃんを見ると、時折、猛烈に腹が立った。それでさらにムッちゃんに突っかかって、あとで自己嫌悪に陥った。

もしかして、と思ったこともある。

ムッちゃんは、女性じゃなくて、男性が好きなのだろうか。もしそうだったら、私の出る幕はどこにもない。それならそれでいい。私はこれからも友達としてムッちゃんと付き合うだろう。適切な距離を保ったまま。それは私にとっては悲しいことだが、却《かえ》ってあきらめもつこうというものだ。

けれど、そんな繊細なことを訊ねる勇気はないし、どう訊ねていいのかも分からない。

いっそ、このままが一番いいのかもしれない。

私はあくまでもムッちゃんの友達。それなら、わりと近くでムッちゃんのことを見ていられる。いつかはもっと自然に話も出来るようになるかもしれない。

そう思うたび、それでいいの？　と問う声も聞こえた。

〈そのままで満足なの？　君、そんな意気地なしだったの？　このままだと、ムッちゃんが理想の女の子とめぐり会っちゃうかもしれないよ？〉

私の中でそう問う声の主は、いつの間にかムツのイメージになっていた。私が疲れているときや、機嫌が悪いときに限って散歩に行こうとやけに尻尾《しっぽ》を振っていたり、連れて行ってもらえないと分かると、もの言いたげにじっとこっちを見つめていたときの顔で、いつも私の痛いところを突いてきた。

〈ねえ、いいの？　いいの？〉

〈うるさいな、分かってるよ、そんなこと。でも、私が告白しても、どうせ振られるよ〉

〈振られるのがいやなの？〉

　ムツは舌を出して、そんな意地悪なことを問い返す。

〈違うよ。そうだよ。振られるのがいやなの。それで、たぶんムッちゃん、振るときにごめんって言う、それもいやなの〉

〈振られるって決まったわけじゃないじゃない。ムッちゃんだって、もしかしたら君のこと、好きかもしれないし〉

〈は？　そんなことあるわけないじゃない。私なんて〉

〈私なんて？〉

〈可愛くないし〉

〈ムッちゃんだって、カッコよくないよ。将来、はげそうだし〉

〈あれはあれでいいの〉

〈でも、勇気を出さないと後悔するよ？〉

〈うるさいよ〉

　そんな問答を一人繰り返し、私は布団を抱きしめ、「ああ」とため息をつき、悶々《もんもん》と夜を過ごしたりした。

いつか勇気を出さないといけないことは分かっていた。そうしなければ、きっと後悔するということも。

でも、その勇気が出なかった。私は自分を恨み、ムツを恨み、ムッちゃんを恨んだ。いっそ、ムッちゃんが適当な女の子とさっさとくっついてくれればいい、そんなことすら思った。そして思ってから、やっぱりそれは嫌だと布団を抱きしめていじいじした。

結局、私が選んだのは勇気を振り絞ることだった。それはいささか、素《す》っ頓狂《とんきょう》で突拍子もないやり方になって、結局は布団を相手に悶絶《もんぜつ》することになるのだけれど、後悔はなかった。

2

電話が鳴ったのは、そろそろ三が日も過ぎようという頃だった。

スマホの画面には立花の名前が表示されていた。立花から連絡が来るのは、大晦日以来だった。

僕の携帯はきちんと充電されていたけれど、それは行いを改めようとしたからではない。僕も立花からの連絡を待っていた。実際には自分から連絡しようともした。メッセージの文面を考えて、それを打ち込んで、送りかけた。けれど送信することはなかった。

大晦日、突然キスしてきた立花は、しばらく僕の顔を見つめたあと、急に立ち上がり、無言のまま走り出してしまった。あわてて追いかけたけれど、すぐに人波の中に立花の姿を見失った。

立花を見失ったのは、混雑のせいだけではなかった。

立花とキスしたときに見た未来。それが僕の足を竦《すく》ませた。

あの未来は……、本当に起きることなんだろうか？

目の前の電話を見つめ、ちょっと深呼吸をして気持ちを整えてから、通話ボタンに触れる。

「……もしもし」

電話の向こうから、立花がかすかに息を呑《の》むのが聞こえた。

「もしもし……、ムッちゃん？　立花です……、ええと、ちょっと話したいんだけど……、いいかな」

普段の立花とは似ても似つかない声音《こわね》だった。

しばしの沈黙の後、立花が言った。

「その……、できれば会って話したいんだけど……、これから、忙しい？　あの、別に今日じゃなくてもいいんだけど」

「大丈夫、空いてる」

僕たちは時間に追われるように手短に待ち合わせの時間と場所を決めた。

電話を終え、溜まっていた息を吐き出した。手のひらは汗ばんでいた。

声の様子を思えば、熱燗のせいで記憶がないということはなさそうだった。

もちろん僕も、すべてをしっかりと覚えていた。どんな会話を交わして、何が起きたか。

そして、自分が何を見たのか。

僕が見たのは、横たわった立花の姿だった。

最初に思ったのは、これは立花だけど立花じゃないということだ。きちんとメイクの施された顔。今より少し痩せたように見えるその顔はわずかに傾いて、黒い髪の中から、耳元のピアスが光っていた。髪も、ずいぶん短い。

立花の姿は輝いているようだった。後ろから光が射《さ》して、整った顔かたちを引き立てていた。同時にその輝きは不穏な熱を帯びていた。

白い肌が際立って見えた。なぜそうなのかはすぐに分かった。

胸元と、頬に飛び散った赤。その赤が、立花の白い顔を際立たせていた。そして少しずつ、頭の後ろに鮮やかな赤が広がっていく。

血の赤が。

立花の目は開いていた。けれど焦点は合っていなかった。何も見えていないのだろう。かすかに何かが見えていたとしても、すぐに暗黒に包まれてしまうのだろう。その間にも、少しずつ、顔は白さを増していく。

僕が見たのは、そこまでだった。

具体的に何が起きるのかは分からない。けれど、結果だけは明白だった。

立花が死んでしまう。何か事件に巻きこまれるのか、それとも事故に遭うのか。それは分からない。けれど間違いなく、立花は仰向《あおむ》けに倒れ、血を流し、命を終える。映像の中の立花は、僕が知っているよりも、ずいぶん大人っぽく思えた。だからそれが起きるのは今日明日ではないだろう。

けれど、それはいつか、必ず起きる。

今まで僕が見た未来は、一度の例外もなく現実になっていた。といっても、それほど数は多くはない。

だったら今回だけが例外。そういうこともあり得るんじゃないか？

そうは思えなかった。

待ち合わせの場所は、大学近くのカフェだった。約束の時間の十五分も前だったけれど、いつもと同じ黒いコートを着て、立花はすでに窓際の席に座っていた。

「や、やあ」

隣の席に座った僕に、立花はぎこちなく言った。

「悪かったね、急に。い、忙しかったんじゃないの？」

「う、ううん。そうでもない。特に用事もなかったし」

「そっか」

立花は両方の口の端を上げて、笑顔らしきものを作った。それはぎこちなく、いかにも無理に作った顔だった。そもそも、立花の笑顔というのは今まで一度も見たことがなかった。

「立花は、正月、どうしてたの」

「まあ、うん、実家とか」

「そっか」

居心地の悪い沈黙がテーブルに落ちた。

それを破ったのは、立花のほうだった。

「この間、ごめんね。先に帰っちゃって。やっぱり飲みすぎたみたいで、急に気持ち悪くなっちゃって。でも吐いたらみっともないかなって。なんか、よく覚えてないんだよね。立ち飲み屋で話してたのは覚えてるんだけど。私、なんか変なこと、しなかった？　怖いね、お酒って。とにかく私、酔っ払ってたから、覚えてなくて……」

そこまで一気に言ってから、急に立花が口を閉ざした。首を強く振り、長い髪が左右に揺れる。

「今のなし」

立花は急に背筋を伸ばし、唇を小さく噛《か》んで、言った。

「覚えてるんだ、全部。覚えてる」

立花は僕ではなく、テーブルの上のカップを見つめていた。

「酔ってたのは本当だけど、覚えてる。あの……、誤解しないで欲しいんだけど」

それから、立花は迷いを振り払うように、一度きゅっと目を閉じた。

「酔ってたし、その勢いだったけど、あのとき言ったこと、全部、私の本当の気持ちだから」

立花がカフェオレのカップに細い指を伸ばした。持ち上げようとしたカップがソーサーに当たって、かたかたとかすかな音を立てた。

「もうすぐ、学校始まるじゃない。それで、またみんなと顔合わせたときに気まずくなるのも嫌だなって思って、はっきりさせときたかった」

「うん……」

「答え、聞かせてくれないかな」

震えを止めようとしているのか、立花は自分の右手を、左手でぎゅっとつかんでいた。

「分かった……」

「あっ！　今じゃなくていい！　今じゃなくていいから！　気が向いたときでいいから！　その、いつかでいい。いつかでいいから、ムッちゃんの気持ち、聞かせてくれたら……」

そこまで言うと、立花は突然、勢いよく立ち上がった。

「じゃあ、私、行くから。これ、私の分」

立花は千円札をテーブルの上に音を立てて置くと、「また、学校で！」と言い残して、あっという間に店を出て行ってしまった。

その場に取り残された僕は、ぼんやりとテーブルの上の千円札と、まだ湯気を上げているカフェオレのカップを眺めた。

僕の答えは決まっていた。ごめんなさい、それ以外の答えはない。

立花のことは好きでもなければ嫌いでもない。ちょっと苦手なところはあるけれど、避けたいというほどでもない。単なる、よく一緒にいる、友達の一人だ。

もし、僕がいつものようにごめんなさいと伝えたら、彼女はどうするだろう？　表面上は、以前と変わらないだろう。前と変わらずいつものメンバーで鍋を囲んだり、酒を飲んだりするはずだ。もしかしたら、僕たちから少し離れようとするかもしれない。

どちらにしても、今よりも親密になることはない。やがて僕たちは大学を卒業して、ばらばらになって、連絡も取らなくなって……。

あの未来に辿《たど》り着く。

頭の中に映像が蘇《よみがえ》りかけて、あわててそれを振り払った。うつろに開いたあの目は、思い出したいものではない。

　唯一の救いは、あの未来がずいぶん先だと思えることだった。立花は今よりもシャープな印象で、きちんとメイクもしていた。耳元のピアスは大人っぽいデザインだったような気がする。今の立花は、メイクをすることもほとんどない。ピアスは開いていただろうか？　覚えていない。

　どちらにしろ、僕が見た立花はもう学生ではなく、どこかの会社で働いている社会人という感じだった。だから少なくとも今、帰り道の立花を心配する必要はない。

　唐突に、頭の中にイメージが浮かんだ。

　ある日、電話が鳴る。相手は長野か堺井、樹かもしれない。そうして、僕は立花が死んだことを告げられる。その後、僕たちは喪服を着て、葬儀場に集まる。「信じられない」「まだ若いのに」「最後に会ったときは」、そんなことを言い合って……。

　それは単なる空想だった。同時に、それは起こり得る未来だった。

　人間は誰だって、いつかは死ぬ。そのいつかが、いつやって来るかは分からない。今、僕が座っているこの窓際の席に暴走する自動車が突っ込んでくるかもしれない。僕の母さんがそうだったように、若くして病気を患ってこの世を去るかもしれない。未来に何が起きるかなんて、分からない。

　でも、もしそれが分かってしまったら？

たとえば、僕が二十年前に戻れたら、母さんに会って「病気には気をつけて」と伝えるだろう。それが治る病気なのかは分からないけれど、何もせずにはいられない。もしかしたら母さんは死なずに済むかもしれない。父さんが毎年の僕の誕生日に涙を流すこともなくなるだろう。

でもそんなことは無理だ。過去に戻ることはできない。けれど、立花のことは違う。あれは未来だ。これから起きることだ。知らないふりをすることはできない。

じゃあ、どうする？　本当のことを伝える？

「社会人になったら気をつけて、何があるか分からないけど、それがいつかも分からないけど、若くして死ぬことになるから」とかなんとか。

そんなことを言われて信じる人間などいない。「そうなの？　じゃあどうすればいいの？」などと言い出したら、そっちのほうが問題だ。

でも……、でも、もしも。

たとえば僕が誰かに「これから君は事故に遭うから気をつけて」、と言われたらどうだろう。

もちろん、そんな話を信じることはない。信じることはないけれど、気にはなる。横断歩道を渡るときには、一応左右を見るだろう。電車を待つホームのすれすれに立つこともないだろう。ビル工事の現場を通るときには、上のほうを見上げるかもしれない。そうしたら、事故を避けられるかもしれない。

もしも、僕が何かをすることで、彼女の未来を変えられるとしたら？

☆

ムッちゃんに自分の気持ちを伝えてから、私はまったく落ち着かない時間を過ごした。テレビを見ていても、本を読んでいても、音楽を聴いていても、何も頭に入って来ない。気付けば繰り返し繰り返し、同じことばかり考えてしまう。

あんなことを言うべきじゃなかった。自分の気持ちを伝えようなんて思わなければよかった。物足りない気分のままではあっただろうけど、それでも穏やかに毎日を送ることができただろう。ムッちゃんとも友達として、以前のように付き合えた。

いっそ今からでも電話して「あれは全部冗談だから、嘘《うそ》だから、ははは、引っかかった？」、そう言おうかとも思った。

きっとムッちゃんは、どうやって断ろうかと考えているだろう。あの場ですぐに振られなかったのは、ムッちゃんの優しさだ。だったら私のほうからなかったことにしてしまえば、ムッちゃんだって喜ぶはず。そう思って、何度か自分から電話をしようとした。けれど、電話を掛けることはできなかった。きっぱり断られるなら、早くして欲しい、そう思う反面、もしかしたら、という希望を捨てることができなかった。

〈希望っていうのは体に悪いね〉

妄想上のムツは、そんな小賢《こざか》しいことを言ったりした。

〈希望もゴミみたいに、すぐに捨てられたらいいのに〉

〈うるさいよ〉

ムッちゃんが私の気持ちにこたえてくれる、そんなことなんてあり得ない。自分にそう言い聞かせ、希望を捨てようとした。ゴミ袋に入れて口をしばって決められた日に出して、はい、おしまい。

でも捨てたはずの希望はいつの間にか戻って来てしまう。そうして気付けばそれを拾い上げ、宝物のように眺めてしまう。

そんなわけで、ムッちゃんから電話が掛かってきたときにはもう精神的にへとへとで、どうとでもなれというような気持ちだった。もはやムツの声を聞くことはもちろん、布団を抱きしめて悶々とする力も尽き果てていた。

ムッちゃんに呼び出されたときには、当然振られるものとばかり思っていた。「僕も君と、同じ気持ちだ」と言われたときも、言葉の意味を理解することができなかった。

だから私はあらかじめ準備していたセリフ――「あ、そう。気にしないで。これからも仲のよい友達でいましょう、ははは」――を、そのまま口にしていた。

「え、どういうこと？」

ムッちゃんが首を傾《かし》げて不思議そうに言ったとき、私は「だから」と答え、「いや待てよ、これはなんだかおかしい」と考え、ようやく、最初にムッちゃんが言った言葉の意味を理解した。

「ちょっと待って、それはその」

私はなんとかそう言った、ような気がするが、今考えてもはっきりとした記憶はない。

「あの、ごめん。さっきの、もう一回言って」

ムッちゃんは驚いた顔になり、それから生真面目《きまじめ》に頷いた。

「僕も、君と同じ気持ちだ」

それからムッちゃんは、くしゃりと笑った。

「これでいい？　何回も言わせないでよ。あー、恥ずかし。あ、ちょっと！」

ムッちゃんが急におろおろして、早口で言った。

「ごめん、こんなに待たせるつもりじゃなかったんだけど、色々考えて、それで。だから泣かないで。もう、泣かせないから。これからずっと」

その言葉で、私はようやく自分が泣いていることに気付いた。

そうして、私たちは付き合うことになったわけだけど、付き合うといっても、以前とあまり変わることはなかった。私もムッちゃんも、周囲に「私たち付き合ってまーす！」と宣言して回るような趣味はなかった。別に隠すことではないけれど、おおっぴらにすることでもない。だから周囲に冷やかされることも、二人にしてあげようなどとと気を遣われることもなかった。

ときどき二人で昼食を食べたり、週末に出掛ける以外は、それまでとほとんど変わらなかった。変わったことといえば以前よりも少しだけ親密になったことと、ときどき夜中まで長い電話をするようになったことぐらいだ。

といっても、実は私はとても、浮ついていた。ムッちゃんと出掛けるという前の日には、大して持ってはいない服を何度も着替えてみたり、万が一というときに備えて地味すぎず、かといって派手すぎない下着を買い揃《そろ》えてみたり、その結果、以前とは違う意味で布団を抱きしめてもじもじしてみたりしていた。

思い返してみれば能天気な日々だった。でもその中で、ふと不安になることもあった。

彼は本当は、私のことをどう思っているのだろう。

ムッちゃんは以前と変わらず優しい。一緒にいると、あれこれと私を気遣ってくれる。でも、その優しさを、なんだか他人行儀に感じることもあった。ムッちゃんは、ただ私を傷つけまいと、それだけが理由で隣にいるんじゃないか、そう思える瞬間があった。

バレンタインに手作りのチョコをプレゼントするなどという、あまりにも私らしくないことをしたのは、そんなことが原因だったかもしれない。

それまで、チョコを手作りしたことなんてなかった。父や弟には一応チョコは上げたけどそれはスーパーで買ったもので、それ以外の男子にはチョコを上げたことすらない。なにより私は味噌汁《みそしる》を作っても毎回味が濃かったり薄かったりするような人間だ。そんな人間がチョコを作るなど、無理無理無理無理。

けれどムッちゃんはあまりお酒が飲めないせいなのか、甘いものが好きだった。

「手作りっていいよね、お菓子でも、ご飯でも。美味《おい》しくても、そうでなくても」

別にチョコが欲しいという意味ではなかっただろうけど、そんなことを言われた私は、気付いたときには図書館で『誰でも作れるチョコレート菓子』という本を借り、材料や道具を買い揃えていた。

考えてみれば不思議なものだ。自分が恋人のために手作りのお菓子を作ろうとするなんて思ってもみなかった。自分の人生にこんな日が来るなんて。

そしてバレンタインの日、どうしていいのか分からなくなった私はやはり突拍子もなく、素っ頓狂な行動に出てしまった。部屋にムッちゃんを招いて、サンタの服を着てチョコレートをプレゼントしたのだ。

「な、なんでサンタ」

ムッちゃんは驚いて目を白黒させていた。

「あの、私、今まで誰かに手作りのチョコとかプレゼントしたことなんてなくて、だから、その、どうやっていいか分からなくて。この格好だったら、プレゼントする人の気持ちが分かるかなと」

私はいびつな形のチョコレートをプレゼントした。形だけでなく、味もまたひどいものだったけれど、ムッちゃんは喜んで食べてくれた。

チョコとコーヒーのにおいで一杯になった部屋に座り込んで、私たちはごく自然にキスを交わした。色々な意味で甘くて、長いキスだった。そのときのムッちゃんの顔は今でも覚えている。

ムッちゃんは、少しぼうっとしたような、それでいてやけに真剣な顔をしていた。それは今まで私が見たことのない顔だった。

3

その話が出たのは、いつものメンバーで鍋を囲んでいるときだった。三月に入ったばかりの頃で、気分だけは春だったけれど、まだまだ冬の寒さが残っていた。

「俺、学校辞めるわ」

それはまるで「明日授業サボるわ」というような口調で、僕たちは思わず「あ、そう」と聞き流しそうになった。

「え、え、え、ちょっと待って」

最初に声を上げたのは樹だった。

「なに、それ。どういうこと」

「どういうことっていうか、言葉のままなんだけど。っていうか、実はもう辞めたんだけど」

なぜか堺井は、自慢げな顔だった。

「辞めて、どうすんの」

眉を寄せた長野が訊ねる。

「弟子入り」

「はあ？　なに言ってんの、お前」

「まあ、ちょっと聞いてくれ。俺の実家、九州で家具屋やってんだよ。家具屋って言っても、できたもの仕入れるんじゃなくて、親父《おやじ》がイチから作って売るような。最初はさ、俺も親父の跡を継ぐような気はなかったし、親父も、この仕事も先が見えてるから大学行って堅い会社に勤めろって言ってたんだけど」

そう言うと、堺井は考えをまとめようとしたのか、手に持った箸を指揮棒のように揺らせた。

「でもさ、まあ一応就活の参考にと思って、久しぶりに帰ったときに親父にも色々、話聞いたわけ。なんで今の仕事しようと思ったのかとかさ。どんなところがいいかとか。そしたらなんか、面白そうに思えてさ」

「面白そうにって、そんな簡単に」

「それで、お父さんに弟子入りするの？」

長野の言葉を樹が遮った。

「いや。俺も最初はそれがいいかと思ったんだけど、大学辞めることで親父と揉《も》めて……って、実は今でも揉めてるんだけど。それで、自分で色々調べてたら木工の工房持ってる人が見付かって。その人がすげえんだよ。世界中で修業した人で、アートっぽい作品なんだけど、きちんと実用にも使えるような家具で。それで弟子にしてくれって頼み込んで」

「じゃあ、引っ越しちゃうの？　どっかの山奥に？」

「今は、街中でもそういう工房が結構あるんだ。俺が弟子入りするのも、この近く。だから最初は今のアパートから通い。まあ、試用期間みたいなもんかな。四月から、朝五時起きの生活だよ」

「寂しいよう！」

樹が大声を上げて、泣き真似をした。

「なに言ってんだ」

堺井は笑った。

「大学で会えなくなるってだけで、いつでも鍋もできる」

そう言って鍋から白菜をつまみあげる堺井は、以前とは少し、違った顔をしているように思えた。

「じゃあ、乾杯するか」

立花が言った。

「堺井の将来に」

そう言うと、立花は自分のコップに日本酒を注いだ。

「飲みすぎるなよ」

僕が耳元で囁《ささや》くと、立花は一瞬、不満そうに唇を尖《とが》らせたが、結局は「うん」と小さく頷いた。


「堺井もいろいろ考えてたんだな」

帰り道、隣を歩く立花が言った。

「そうだね。女の子のことしか考えてないかと思ってたけど」

冷たい風が火照った頬に心地よかった。みんなで鍋を囲んだあとは僕が立花を部屋まで送る。いつの間にか、それが習慣になっていた。

「ムッちゃんは、考えてる？　将来のこと」

「うーん」

僕は唸った。

就職活動は三年になる前から準備を始めておいたほうがいいというのは聞いていたし、僕なりに色んな本を読んだり、先輩に話を聞いてはいた。ただ、自分がなにをやりたいのかもはっきりしないし、いわゆる自己分析とか呼ばれるものをやってみたこともあるけれど、頭の中がこんがらがっただけだった。

「立花は？」

返事に困った僕は問いをそのまま投げ返した。

「進学かな」

答えはすぐに返ってきた。

「私、人付き合い得意じゃないけど、大学院ってそういう人多いらしいし」

それに、と立花は言葉を継いだ。

「研究職って、普通の会社に比べると女でも働きやすいみたい。結婚したり、子供ができたりしても」

立花はそう言ってから、「あっ！」と、あわてたような声を上げた。

「その、いや、そういう意味じゃなくて。そういう意味っていうのは、あの、ムッちゃんとどうこうとか、そういう」

見れば立花は顔を真っ赤にしていた。

「ああ、うん、分かってる、大丈夫」

僕もあわてて意味不明な相槌《あいづち》を打ち、「そういえば」と無理やり話の方向を変えた。

「樹とかは、どう思ってるんだろう。将来のこととか」

「地元に帰るんじゃないかな。その、彼氏もいるし」

「そうか、地元か、そうかそうか。うんうん」

「ま、まあ、お互い、頑張ろう」

立花の口調もぎこちなかった。

やがて、立花が一人暮らしをしている小さなマンションが見えてくる。

「じゃあ、ここで」

「気をつけて」

僕は言って、立花が建物に入っていくのを見送った。彼女は足を止めて振り返り、何か言いたそうな顔をしたけれど、結局は口を開かず、ただ手を振っただけだった。

立花の姿が建物の中に消えるまで見送ると、僕は自分の家へと歩き出した。

歩きながら、立花のことを考えた。

以前は立花のことを、冷たい人間だと思っていた。もしかして、何かを感じるということ自体少ないいんじゃないかと。けれど一緒にいる時間が増え、実際にはまったく逆だということが分かってきた。

こんな話をしてくれたことがある。

「私、ムッちゃんに感じ悪かったでしょう？　嫌いだったんじゃなくて、その、ムッちゃんと話すと緊張して、どうしていいか分からなくなって、それで変なことばっかり言っちゃって」

たぶん彼女は、人よりもちょっと不器用なのだろう。いや、ちょっと、ではなく、ずいぶんというか、かなりというか。

そんなことを思って、僕はひとりで笑みを浮かべる。

最初は、できるだけ彼女の傍《そば》にいようと思っただけだった。傍にいれば、何か未来の出来事を変えるヒントが見付かるかもしれないと思った。でも、そんなものは簡単に見付からない。

けれど別のものが見付かった。

たとえば、本のページをめくる手つきがとても優しくて丁寧なこと。誰かに話しかけるときには、必ず一拍か二拍、頭の中で考えるような間を置くこと。実はわりと怖がりで、動物が苦手なこと。

一緒にどこかに出掛けて時間を過ごす。

そうして別れ際、背の高い後ろ姿が雑踏の中に消えていくとき、角を曲がって見えなくなるとき、ドアが閉まるとき。いつも心の中に寂しさがこみ上げていることに気付く。自分の中の一部が、立花と一緒にどこかに行ってしまって、そこに穴が空いてしまうような気持ちになる。

そんなことはすぐに忘れてしまう。けれど、ふとした瞬間、「今頃どうしているのかな」と思ったとき、自分の中に空いた穴を思い出す。

同時に、自分がとても不誠実な人間のような気になった。

いずれやって来る未来を変えたいということははっきりしている。でも、どうすれば未来を変えられるのか、それが分からない。

このことを考えると、いつもあの日、カフェに呼び出されたときのことを思い出す。小刻みにカップとソーサーが当たるかすかな音。勇気を出して自分の気持ちを伝えていた立花の細い指先。

これまで、自分はそんなふうに自分の気持ちを伝えようとしたことがあっただろうか。いつか、自分も立花のように、正直な気持ちを伝えられるのだろうか。

僕は夜道でひとり、ため息をついた。

改めて、自分の体質が呪わしかった。いつかこれが「治る」なんてことは、あるのだろうか。


玄関を開けると同時に笑い声が聞こえた。三和土《たたき》にはきれいに磨かれた革靴が揃えて置いてある。

リビングに入ると、父さんと食卓を囲んでいた男性がこっちを振り向き、「おお、お帰り」と声を上げた。

「いらっしゃい」

「久しぶり、元気にしてたか？」

正広《まさひろ》おじさんはそう言うと、傍らの紙袋を僕に差し出した。

「これ、おみやげ」

中をのぞくと、スポーツブランドのロゴが描かれた箱が入っていた。スニーカーだ。

「ありがと」

正広おじさんは、母さんの弟で、子供の頃からずっと可愛がってもらっている。父さんの仕事が忙しいとき、面倒を見てもらったことも数え切れない。

「仕事、忙しいの？」

僕は訊ねた。おじさんは弁護士で、聞いた話では若い頃はふらふらしていた時期もあったようだけど、あるとき一念発起して司法試験を受験、今では自分の事務所を構えている。

「まああかな。凛太郎も飲む？」

おじさんはそう言って、ビールの瓶をこちらに向けた。

「いや、お茶にしとく」

「夕食は？」

キッチンから姿を見せた父さんが言った。手に持ったお盆には、小ぶりのお茶碗《ちゃわん》に盛られたご飯と漬物、お茶の入った急須が載っている。どうやら、締めにお茶漬けという頃合いだったのだろう。

「食べたけど、食べようかな」

「いいよなあ、凜太郎は。まだまだ食べても肥《ふと》らないんだよな、うらやましい」

そういうおじさんは父さんと母さんよりも五つ下だから、今は四十三歳のはずだけど、父さんのように髪が薄くなっているわけでもお腹《なか》が出ているわけでもなく、年よりもずいぶん若く見える。

「じゃあ止《や》めとく？」

それを聞いた父さんが言って、おじさんはあわてたように「食べる食べる、食べますよ」と応じた。

この二人が血は繋がっていないということを思い出すと、不思議な気分になる。義理の兄弟……、母さんがいなくなった今でもそう呼んでいいのかは分からないけれど、その呼び方がなんであれ、二人は本当の兄弟のようでも、仲のよい友人同士のようでもある。

「それで、眞太郎《しんたろう》さん、この間の話なんだけど」

お茶漬けを食べ終えてしばらくしたあと、おじさんが言った。

「いいよ、それは」

とたんに父さんが困った顔になる。

「遠慮しなくても」「遠慮とかじゃなくてさ」

「何の話？」

口を挟んだ僕に、おじさんが言った。

「そうだ、凜太郎の意見も聞いとくか。たとえばの話だけど、眞太郎さん……、お前の父さんが再婚するって言ったら、どう思う」

「正広くん、ちょっと」

父さんが顔をしかめて口を挟んだが、おじさんは微動だにする様子はない。

「再婚？」

僕は少し、驚きながら言った。

「そう。凜太郎も二十歳だろう？　もうすぐ大学を卒業して、社会人になったら、家を出るかもしれない。そしたら、眞太郎さんはひとりになるし。それで、ちょうどいい知り合いを紹介しようかって思ってるんだけど」

「僕は、いいと思うけど。知らない人と一緒に暮らすとか、その人をお母さんって呼べって言われたら、ちょっと困るけど」

正直なところ、びっくりはしたが、嫌というわけではなかった。おじさんの言うように、僕もいつかはこの家を出るだろう。そのあと、ずっとひとりで暮らすよりも、誰かと一緒のほうが、父さんも幸せかもしれない。

「でも、そんな物好きな人いるの？」

そう訊ねると、おじさんはちょっとおどけて目を開いて見せた。

「なに言ってるんだ。義兄《にい》さん、こう見えてもなかなかモテるんだよ。バレンタインには会社でたくさんチョコもらってるらしいし。ね？」

「義理だよ。それに、こう見えてもってなに」

ともかく、とおじさんは咳払《せきばら》いをして話を続けた。

「姉ちゃんが死んで、もうすぐ二十年だろう。だったら……」

「だから、いいって」

父さんがしかめ面のままで手を振る。

「僕の心配よりも、自分のことが先だろう」

おじさんは今まで二回結婚して、二回離婚して、今では独身に戻っている。

「まだ若いんだし、いい人、いないの？」

「二回も失敗してるんだよ？　二度あることは三度あるんだって」

そういうと、おじさんは「あーあ」とため息をついた。

「凛太郎ぐらいの頃は、俺もそのうち運命の相手と出会えるものだと思ってたんだけどなあ。ほら、凛太郎も、眞太郎さんと姉ちゃんと同じ大学だろ？　あそこの学校、義兄さんと姉ちゃんみたいに同級生同士で結婚する数が多いっていうじゃない？」

たしかにそういう話は聞いたことがあった。ただ、それは運命がどうのというよりも、単に男女の数が同じぐらい、というのが大きな理由だと思う。

「俺も姉ちゃんと同じ大学行けてたら、いい相手見付かってたかもなあ。あのとき、もっと勉強しておけばよかった」

「これから新しい人と、出会うこともあるって」

父さんが微笑《ほほえ》みながら言った。

「そうかな？　でもさ、眞太郎さんと姉ちゃんみたいなカップルは、なかなかいないと思うんだよね。付き合い始めたときだって、姉ちゃんから告白したんでしょう？　海にデートに出掛けて、それで姉ちゃんがいきなり海に向かって『好きだー！　付き合ってくれー！』って叫んだって」

「もういいから、その話は。息子の前で、恥ずかしい」

「なんで。いい話じゃない。俺、あの話、好きなんだよ。そもそも、二人の出会いからして運命じゃない。その出会いがなかったら、凛太郎も生まれてないわけで」

それからおじさんは、父さんと母さんがどのようにして付き合い、結婚に至ったのか、結婚式はどんなふうだったかという話を始めた。その話は今まで何度か聞かされていたけれど、やっぱり笑ってしまった。

同時に、父さんにも母さんにもそんな時代があったということがなんだか不思議だった。

四月に入り、大学三年になると僕の生活は思いのほか忙しくなった。学期の初めというのはあれこれとやらなければならないことがあり、そこに就職活動の準備やバイトも加わって、用事に追われる日々だった。大学を辞めた堺井が新生活を始めたということもあって、いつものメンバーと鍋を囲むこともなかった。

ただ、立花とだけは別だった。特に待ち合わせるわけではないけれど、なんとなく一緒にランチを食べたりお茶を飲みながら課題をやったりする。それが僕たちの習慣になっていた。

「花見、行かない？」

立花がそう言ったのも、大学のカフェテリアで英語の教科書を片手に立花と過ごしているときだった。

大学の近くには桜が有名な公園があり、春になると毎年サークルやクラブが花見をしていた。僕たち五人も、去年はそこで花見をしたものだ。

「ちょっと時期が遅くなったから、散り際かもしれないけど」

「そうだね」

答えてから、僕は言い足した。

「でも、どうだろ。堺井はたぶん無理だし、長野もバイト増やしたようなこと言ってたし、樹も……」

「そうじゃなくて」

立花は小さな声で言った。

「その、ふたりで」

「ふたりで」

思わず鸚鵡返《おうむがえ》しにそう言って、反射的に視線を下げた。立花の指は、スケート選手のようにテーブルの表面を行ったり来たりしていた。

「あ、忙しかったらいいんだけど」

「いや、大丈夫。それより立花は、大丈夫？」

立花は研究室の教授からとても期待されているらしく、最近では大学院生のような仕事を任されていた。

「夜なら」

「じゃあ、ここで待ち合わせようか」

時間を決め、これから講義があるという立花を見送った。

「また、あとでね」

立花の足取りは軽かった。そう思えたのは、冬の間いつも着ていた黒いものではなく、ベージュの軽いハーフコートに変わったせいだろうか。それとも最近よくするようになった、長い髪をさっぱりとアップにまとめた髪型のせいか。

ふとカフェテリアに座っていた数人の男子学生が、僕と同じように立花の後ろ姿に目を向けていることに気付いて、なんとなく、胸の中がむずむずした。

「ごめん、遅くなった」

珍しく待ち合わせの時間に少し遅れてやって来た立花は、軽く息を弾ませていた。

「出るとき、教授につかまって」

「大丈夫、でも連絡くれたら」

立花の眉の間に皺が寄った。僕があわてて携帯を取り出すと、画面は真っ黒だった。

また充電切れだ。

「ごめん」

今度は僕が謝る番だった。

「それ、ホントにちゃんとしたほうがいい。携帯なかった時代の人じゃないんだから」

立花が顔をしかめたまま、言った。

「っていうか、そもそも私が遅刻しなければよかっただけなんだけど」

そう言うと立花はかすかに表情を変えた。

「ん？」

僕はまじまじと立花の顔を見つめた。なんだか、いつもと少し様子が違うような気がした。

その原因はすぐに分かった。ほんのわずかに目元に引かれたアイラインとアイシャドー。それはごくごく控えめなものだったけれど、元々の整った顔立ちをさらに引き立てて、大人っぽく見せていた。

普段の立花は、ほとんどメイクをしない。「面倒だし、すぐにケバくなるから」というのがその理由だった。

じゃあ今日はなんで？

そんなことを訊ねるほど、野暮ではなかった。遅刻したのは教授につかまっただけじゃないのかもしれない。そう考えて、思わず頬が緩んだ。

「じゃあ、行こうか」

「うん」

公園までは歩いて十五分ほどの距離だった。バスに乗っても良かったけれど、どちらもそうしようとは言わなかった。

そろそろ日が落ち始めて、風は冷たくなっていた。けれど冬の風とは明らかに違う。季節が少しずつ、でも確実に進んでいるのが分かる。

「これからちょっとずつ暖かくなるんだろうなあ」

「熱燗の季節も終わりかな」

「また酒の話か」

「最近は控えてる」

僕たちの会話は、それほど意味や中身のあるものではなかった。今この瞬間が過ぎれば、きっとすぐに忘れてしまうだろう。会話と会話の間には沈黙も訪れた。今では沈黙も不快ではなくなっていた。

公園が近づくにつれて、少しずつ人の数が増え始める。学生だけでなく、仕事帰りの人や子供の手を引く両親、近所に住んでいるらしい、お風呂上がりのようなラフな格好をした人もいる。あちこちに、屋台のカラフルな提灯《ちょうちん》や桜を白く浮かび上がらせるライトが灯《とも》っている。

立花との距離は、腕と腕がかすかに擦れ合うほどに近かった。けれど手が触れ合うことは慎重に避けた。

ごく当たり前のカップルなら、こういうときははぐれないように手を繋ぐのかもしれないな、そんなことを思った。

「あのとき」

　桜を見上げて立花が言った。

「どのとき？」

「大晦日」

　立花の短い言葉に、僕は少し緊張を覚えた。大晦日のことを立花が口に出すのは、正月にカフェで会って以来だった。

「あのときも、二人だったじゃない？」

「確か、長野も堺井も樹も、病気で。いや、樹は彼氏のサプライズだっけ」

　僕はそう言って返事を待ったのだが、立花は口を閉ざしたままだった。

「あれ、違った？」

「ごめん」

　立花が小さな声で言った。

「なんで謝るの」

「本当は、違うんだ。あのとき、長野は彼女が急病で、堺井はインフルエンザって言ったのは本当なんだけど……、樹のは嘘なんだ」

「嘘って」

「あの日、長野と堺井が行けないって連絡もらって、樹と相談したんだ。三人で行こうかどうしようかって。そしたら樹が、二人で行っておいでって」

「なんで……」

そう訊ねかけてようやく気付いた。

「それはその……、樹は立花の気持ちっていうか、それ、知ってて……？」

立花がかすかに頷いて、ぼそぼそと続けた。

「相談したとか、そういうことじゃないんだよ。私、そういうこと、人に言わないし、でも、その、なんか気付かれちゃってたみたいで……」

樹はいつも明るく元気であけっぴろげだから、人の気持ちになど頓着しないように思えるけど、実際はあれこれ細かく気を利かせてくれる。それも、周りの人にはそうと思わせないような遣《や》り方で。

「だから、ごめん」

「っていうか、なんで立花が謝るの」

「なんかフェアじゃないような気がして。ムッちゃんには、その……、隠し事とかしたくないっていうか」

その言葉に胸が痛くなった。隠し事をしているのは僕のほうだ。

「そこ、座る？」

立花が大きな枝垂桜《しだれざくら》を指差した。脇には家族連れやら学生やらがシートを広げて座っていたが、その間に、ちょうど二人で座れる程度の場所が空いている。

「直接座ったら、冷えちゃうよ」

僕は言った。

「なんか敷くもの買って……」

立花は肩にかけたバッグを持ち上げた。

「研究室から、シート借りてきた」

「準備いいなあ」

僕たちは青いシートを敷いて座り込んだ。そこは緩やかな斜面になっていて、顔を上に向けなくても、桜の木々が見渡せる。

ふと、公園のことを思い出した。高校時代、付き合っていた女の子に告白した、あの公園。

あのときの僕は、たぶん緊張していただろう。自分の気持ちをなんと言って彼女に伝えようか。彼女はどう答えてくれるだろうか。そんなことを考えていた。

それから数分も経たないうちにキスをして、彼女の未来を見ることになった。

もし未来が見えると分かっていたら僕はどうしていただろう？　キスなんてしなかった？　彼女に気持ちを伝えようとも思わなかった？

隣に座る立花に目を向けた。ライトアップされた無数の桜を目にしていても、口元は相変わらず固く結ばれて何も感じていないように見える。でも実際はそうではないことを、僕はもう知っている。

本当のことを話してしまいたい、そんな衝動がこみ上げた。

そのとき、ふわりと目の前を、たった一枚だけ、桜の花びらが通り過ぎて行った。

目を上げると、いくつもの花びらが宙を舞っていた。

さっきまで枝にあった花びら。それはもう、二度と元の場所に戻ることはない。

「立花」

僕は言った。急に名前を呼ばれて驚いたのか、「なに?」と立花が片方の眉を上げた。

「前も話したと思うんだけど、付き合ってた子に浮気されたって話」

「聞いた」

立花が頷く。

「それで女の子と付き合うのが怖くなったって」

「うん。それでその……、今は、よく分からないんだ。人のことを好きになるのがどういうことなのかって」

立花は相変わらず表情を変えずに聞いていた。ただ、かすかに眉間に皺が寄り、その目は怖いぐらいにまっすぐだった。

「さっき、言ってただろう？　僕には隠し事をしたくないって。僕もそう思ってる。立花には本当の気持ちを伝えたいって」

自分でも不思議だった。どうしてこんなことを言っているんだろう？

「今は、もっと知りたいと思ってる。立花のこと、もっと」

立花は返事もせずに、ただ僕の顔を見つめていた。以前なら、にらまれていると思ったかもしれない。

そこで、まったく想像もしていなかったことが起きた。立花の右の目に涙が盛り上がり、それが頰を伝った。

「あ、ご、ごめん、変なこと言って……」

「ちがう」

立花は首を振ると、ハンカチを取り出して目の下に当てた。数秒そうしたあと、立花はふうと大きく息を吐いた。

「お前とは一緒にいたくないって言われるかと思った」

「本当、ごめん……」

「だから、謝らないで」

立花は、再びまっすぐに僕を見た。

「今、本当の気持ち、教えてくれたんでしょう。それで、ここから改めてスタートって思っていいんでしょう？」

僕は頷いた。

「分かった」

立花も同じように頷いて、笑みを浮かべた。ぎこちない表情。でも、前よりもずっと、自然な表情だ。

「見て」

立花が言って、僕は後ろを振り返った。

強い風が吹いて、桜が花を散らしていた。一体、どれほどの数なのだろう。数千、いや、数万の花びら。一枚一枚が舞い、翻り、やがて渦を巻いて闇の中に消えていく。

僕と立花は、言葉を交わすこともなくその風景に見惚《みと》れていた。

これからも、桜が舞い散る瞬間を見ることはあるだろう。けれど、今、目の前で舞い落ちている桜の花びらを見るのは、この一度きりだ。花びらも二度と枝に戻ることはない。あとは地面に落ちて、土に還《かえ》って消えていく。

人生で二度とない瞬間。

同時に、その瞬間をともに過ごしている人の存在を強く、強く感じた。

なぜだか少しだけ、涙が出た。

そうして隣にいる立花に目を遣った瞬間、心臓をつかまれたような気持ちになった。現在と未来の立花が重なって見えた。

「なに？」

僕の視線に気付いたのか、立花がこちらを向いた。

「なんでもない」

僕が本当に立花の未来を変えたい、いや、どうやってでも変えると心に誓ったのは、このときだった。

☆

「そういえば、夏休みはどうするの？」

ムッちゃんが鼻声で言ったのは、レンタルで借りてきた映画を見終わった直後だった。それは去年公開されて大ヒットした話題作で、「泣ける！」と評判の作品だった。

が、どうも私のツボとは大幅にずれていたようで、涙の一滴も出てこなかった。

逆にムッちゃんのほうは涙腺を直撃されたらしく、映画の中盤からぐずぐずと鼻を鳴らし、しきりにシャツの袖で涙を拭っていた。最近気付いたことだけど、二人でいるとき、ムッちゃんはわりと、よく泣く。

「特に何も。実家に帰るぐらいで」

私は言った。

「ムッちゃんは？」

しかし、ムッちゃんは「いや、僕も特に」などと言ってから、ごめん、ちょっとトイレ貸して、とバスルームに消えていった。

別に私の夏休みの予定を知りたかったわけではなく、泣いているのをごまかしたかっただけなのだな、そう思ってちょっとだけ寂しくなった。

最近では、ムッちゃんが私の部屋で過ごす時間も増えた。一緒にご飯を作ることもある。といっても、料理はムッちゃんのほうが上手なので、私は手伝いと皿洗い専門だ。二人きりでいても、以前のように意識しすぎて緊張することもなくなった。全体から見ればずいぶんな進歩だ。

ただ、気になることもあった。

部屋で座っていて、体がくっつきそうになるとき、手が触れそうになるとき、決まってムッちゃんはそっと体を引いた。まるで、私に触れたくないみたいに。

大したことじゃない、そう考えることもできた。ムッちゃんは遠慮しているのだろう。それとも、今ではムッちゃんのほうが緊張するようになったのかもしれない。

そんなとき、決まって思い出すのはバレンタインデーのことだ。

私はムッちゃんとキスをした。唇が触れ合った瞬間のことはあまり思い出せない。思い出せるのは、その直後、急に体を引いたあとのムッちゃんの顔だ。

ムッちゃんは口を半分開いて、唇は強い痛みでも感じたように、かすかに痙攣《けいれん》していた。

それ以来、私たちがキスをすることはなかった。キスだけではなく、肩を抱いたり、手を繋ぎあったりすることすら。一緒にいても、二人の間にはいつも上品な距離が空いていた。

もしかして、私の口がものすごくくさかったとか？　そう思って、親しい女友達にも訊ねてみたし、歯医者にも行ってみた。返ってきたのは「別に普通だよ?」「特に異常は認められません」という返事だった。歯医者は、食い下がる私に「自分のにおいが気になるという精神的な症例があるんです。そちらのほうにも行ってみては」と、不穏なアドバイスもくれた。「そちらのほう」には行かなかったが、やっぱりムッちゃんは男性のほうが好きなのかと、またぞろ同じ疑念が首をもたげたりもした。

その一方で、ムッちゃんと過ごす時間は増えていた。部屋で一緒にいることはもちろん、ムッちゃんのほうから誘ってくれて、デートすることも多かった。けれど、そういうときでもムッちゃんは私と手を繋ごうとはしなかった。

私はムッちゃんと付き合っているると思っているけど、それは私の一方的な誤解なんじゃないだろうか？　そんなふうに思うこともあった。

あのとき、確かにムッちゃんは「僕も、君と同じ気持ちだ」と言ってくれた。しかも、二度も。二度目は私が言わせたわけだけど。とにかく、その言葉は「ムッちゃんも私のことが好き」という意味だと思っていた。

でも、そうじゃなかったら？

こんなことを言うのもなんだが、私はわりとそそっかしい。子供の頃から「弟の面倒をよく見るしっかりしたお姉ちゃん」として育てられて、周囲からもそう見られていたけれど、実はかなり抜けている。だから、私がムッちゃんが何か大切なことを言ったのを聞き逃してしまったってことも考えられる。「僕も君と同じ気持ちだ」の前に、私が「犬が好きだ」って口にしていた可能性だってある。

「夕食、どうしよう」

バスルームから出てきたムッちゃんが言った。

「どこかに食べに行く？　それとも何か作る？」

「出掛けようか」

私は答えた。

「何食べに行く？　そうだ、駅前に新しくできたピザのお店、行ってみる？」

目の前のムッちゃんが言う。涙は収まったのか、すっきりした顔をしている。

「いいね」

私も笑顔で答える。が、どうも我ながら、ぎこちない笑顔になった。


お盆の時期を迎えて、私は実家に帰省することになった。私は実家や家族が大好きというタイプではないし、できればムッちゃんの近くにいたかった。けれど我が家では盆暮れには親戚一同勢ぞろいすべし、という習慣があり、どうもそれには逆らいかねた。それだけでなく、おばあちゃんの体調が良くないこともあり、様子を見ておきたかった。

といっても、実家に帰っても特にやることがあるわけではない。時間をもてあましても、田舎では、家の近所をぶらぶら散歩するぐらいしかできない。彼女と再会したのはそんなときだった。

「ともー！」

大きな声が聞こえて振り返ると、立っていたのは同級生の女の子だった。

「久しぶりー！」

「わあ！」

相手を認めると、私も大声を上げた。取り立てて広い町ではない。歩いていれば昔の同級生に出くわすこともある。確かに久しぶりだったけれど、前に会ってから、まだ二年も経っていない。にもかかわらず私が大声を上げたのは、彼女のお腹が、まん丸に膨らんでいたからだ。

「赤ちゃん？」

「そう」

相手は照れくさそうに笑った。

「できちゃって」

そう言うと、彼女はさらに恥ずかしげに、そしてかすかに自慢げに、左手をかざした。その薬指には、銀色の指輪が嵌《はま》っていた。

「おめでとう」

私は言った。

「ありがとう。ね、時間ない？　うち来ない？」

彼女の家は酒屋を営んでいた。酒屋といっても食料品や雑貨、お菓子なども扱っているお店で、小学生や中学生の頃はよく店先のベンチに座ってお菓子を食べたり、おしゃべりに興じたりしたものだ。

「懐かしい。いいの？」

「うん。アイス、おごるよ」

　私たちは連れ立って歩き始めた。

　私はちらちらと彼女のお腹を眺めた。子供の頃を知っている友達が誰かの妻になり、母になろうとしているというのはなんだか不思議だった。

「予定日、いつ？」

「再来《さ》週。待ち遠しいよ。やっとうつぶせになれる」

「旦那さん、どんな人なの」

「普通のサラリーマンだよ。年上で。バイト先の店長だったんだ。ありがちで、嫌になっちゃうよ」

　幸せがにじみ出ているような口調だった。

　酒屋の店先に座り、おじさんとおばさんに挨拶をして、手渡されたアイスを齧《かじ》る。安っぽくて懐かしいソーダ味が口の中に広がった。

　昔はよく彼女と二人、ベンチに座ってぶらぶら足を揺らせながら、こうやってアイスを食べた。足元にはムツがいたこともある。ムツは暑いのが苦手で、夏になると、いつも舌を出してぜいぜいとあえいでいた。

　あれからずいぶん時間が経っちゃったんだな。

「そっちはどうなの。彼氏とか、出来た？」

彼女が言った。

うん、と答えるべきか、ううん、と首を振るべきか。私の一瞬の逡巡《しゅんじゅん》を彼女は見逃さなかった。

「なに、本当に出来たの？」

「うーん、ていうか……」

しばらくためらっていたものの、結局私は、ムッちゃんとのことを話し始めた。

「なんかよく分からなくて」

きっと、私は誰かに話を聞いてほしかったのだろう。でも、大学の友人に恋愛相談などするわけにはいかない。話が広がると、ことは私だけの問題では収まらなくなって、ムッちゃんにも嫌な思いをさせてしまうかもしれない。

「ふうん、あんたも大人になったねえ」

話を聞き終えると、彼女は言った。

「茶化さないでよ」

「ごめんごめん。でも、そんなに悩むこともないんじゃないの？」

「そう？　でも普通の男って、もうちょっとあれこれ求めてくるもんじゃない？　それなのに……」

「そうじゃなくて。あんたのほうから、積極的に行っちゃえばってこと」

自信に満ちた態度で彼女は言った。昔はわりと大人しめの子だったのに。人間は変わるものだ。

「あたしだってそうしたもん」

「そうなの？」

「そうだよ！　それでまあ、こうなっちゃったわけだけど」

彼女は丸いお腹を撫《な》でて、笑いながら言った。


帰省が終わり、「お土産を渡す」という名目でムッちゃんを呼び出したのは、そんな会話から一週間ほど経った頃だった。その日はやたらと暑くて、私たちは午後の喫茶店のテーブルの上に情報誌を広げ、どこかに行こうかと言いながら、だらだらと時間を過ごしていた。

「外は暑いからなあ、涼しいところっていうと、映画とか、水族館とか……」

ムッちゃんが言ったときだった。ふと頭の中で何かが閃《ひらめ》いた。

「行きたいところがあるんだけど。付き合ってくれる？」

そんなことを思いついたのはやはり幼馴染《おさななじみ》との会話が頭に残っていたからだろう。

「いいけど」

ムッちゃんはきょとんとした顔で少し首を傾げた。

「どこ?」

「涼しくて、楽しいところ、たぶん。行ったことないから分からないけど」

「うん、分かった。じゃあ、そこ行こう」

不思議そうではあったけれど、ムッちゃんは頷いてくれた。

店を出ると、とたんに太陽が照りつけて、肌がちりちりした。

「私が帰省している間、ムッちゃんはどうしてたの」

「バイトしたり、ごろごろしたり、あと、墓参り行ったり」

そんな他愛《たわい》もないことを話しながら、繁華街を奥のほうに進んでいく。

「どこ行くの?」

「いいからいいから」

私はムッちゃんに構わず先に立って歩き続けた。といってもはっきりした場所を知っているわけではない。でも、電車の窓からは何度もその看板を見ていたし、そういう施設はいくつか固まっているものだ、という程度の知識はあった。

「たぶん、こっち」

私は言った。ムッちゃんは黙ってついてきたけれど、次第にその顔に疑念が浮かび始めた。もしかすると辺りの雰囲気から、何かを察したのかもしれない。

「ここ」

そう言って、ごくさりげないふうを装って、目の前に現れた建物の入り口をくぐろうとした。

「ちょ、ちょっと、待って」

ムッちゃんがあわてたように言った。

「ここって」

「涼しくて、楽しいところ」

私は言った。笑顔を作っていたつもりだったけれどそれが上手く行ったかどうかは分からない。何しろ緊張で、顔の筋肉がばらばらになったような感じだったから。

「ラブホテル？」

ムッちゃんは呆れた様子だった。

「なんの冗談？」

ムッちゃんは踵《きびす》を返そうとした。

私は、その手首をつかんだ。

ムッちゃんの顔に、痛みに耐えるような表情が浮かんだ。けれど、それはあまり気にならなかった。というのも、私がつかんだ手を、ムッちゃんが反射的に振り払おうとしたからだ。

「嫌？」

　私は言った。

「私に触られたくない？」

「そんなことない」

　ムッちゃんは首を振って言った。もしかしたら、自分の手を振り払われそうになったことで私は傷ついていたかもしれない。けれど、ムッちゃんを責めようとは思わなかった。ムッちゃんのほうが、私よりもっと傷ついたような顔をしていたから。

「じゃあ、どうして？」

「それは」

　そのとき、ホテルの入り口から、一組のカップルが出てきた。片方はダブルのスーツを着た中年で、もう片方はちりちりのパーマを掛けた長い髪の女性だった。二人はホテルの前で言い争う私たちを、面白そうな目で眺め回した。

「行こう」

　ムッちゃんが言って、私の腕をつかんだ。一瞬、建物の中に入るのかと思ったが、そんなことはなかった。私は再び、表の道に連れ出された。抵抗しようという気は起きなかった。

　私はムッちゃんに手を引かれるまま、やって来た道を素直に引き返した。なんだか自分が小さな子供に戻ってしまったような気分だった。

また、やっちゃった。

「ごめん」

手を引かれている私からはムッちゃんの顔は見えなかった。怒ってるのだろうか、困っているのだろうか。どうして私なんかと付き合ってしまったのかと後悔しているのだろうか。

やがてムッちゃんの歩く速度が緩み、私たちは隣に並んだ。

「びっくりしたよ」

ムッちゃんが言った。もう、いつもの穏やかなムッちゃんの顔だった。

「一緒にいると、びっくりすることばっかりだ」

「ごめん」

私は再び、謝った。

「はっきり言っていいんだよ」

「何を？」

「私と一緒にいたくないんだったら、そう言って。私なんて、そんなに魅力ないし……、他の女の子のほうがよかったら、それで……」

「そういうことじゃないんだ」

ムッちゃんが私の言葉を遮った。

「触りたくないとか、魅力がないとか、そういうことじゃないんだ」

私は黙ってムッちゃんの言葉を聞いていた。それが嘘や、この場限りの言いつくろいでないことは分かった。同時に、言葉の裏に、なにかが隠されていることも。

「大切にしたいんだ」

ムッちゃんは言葉を選んだように、そう言った。

私はそれを信じようとしたし、実際に信じた。

今、そのときのことを改めて思い出すと、恥ずかしいような、温かいような気持ちになる。でも少しの後悔も感じる。この後、私たちがどうなるのかを知っていたら、私はどうしていただろう?

このとき、もっとムッちゃんの話を聞いていたら、私たちはどうなっていただろう?

4

「土日、空いてる？」

父さんがそう言ったのは夕食の時間だった。夏は過ぎ、大学が始まるまであと数日という頃だった。

空いてる、と答えたけれど、それは本当ではない。空いてるのではなく、空けてあった。

「お墓参り、行こうか」

毎年九月の下旬になると、二人で母さんの墓参りに行く。

母さんの墓は海の見える墓地にあり、二人でレンタカーを借り、お参りして近くの民宿に泊まる。次の日の朝には母方の親族も合流し、もう一度お墓の前で手を合わせて帰ってくる。

中学生ぐらいまでは、それが平日であっても、僕は学校を休み、父さんは会社を休んで、母さんの命日にお参りをしていた。さすがに高校生になる頃には、平日に休むのはまずかろうということで週末になったけれど、それでも二日掛けることだけは昔と同じだ。

「今年は運転、任せてもいいかい」

「いいけど」

「最近、ちょっと背中が痛くて」

父さんはそう言うと、腰を伸ばした。

「歳《とし》だなあ」

父さんは煮魚を食べながらぶつぶつ言った。皿の上の煮魚は、ほとんど骨格標本のようになっている。「お箸の使い方は誰に見られてるか分からないんだ。それで判断されることもあるんだよ」とこれだけは厳しく躾《しつ》けられたから僕も上手に使えるほうだけど、父さんには敵《かな》わない。

「凛太郎ぐらいの頃には、体が痛くても寝たら治ったんだけど」

父さんはまだ年寄りのような愚痴を言っていた。

「はいはい」

一足先に食事を終えた僕は食器を手に立ち上がって洗いものを始めた。自分が使ったものは自分で洗うというのは、僕が小学生の頃からの我が家のルールだ。

「ん？」

皿を洗いながら、首を曲げた。父さんが何か言っていたが、水の音で聞こえない。

「なに？」

水を止めて僕が訊ねると、父さんは二、三度口をぱくぱくさせて、それから「いや」と咳払いをした。

「なんでもない」

そう言うからには急ぐ話でもないのだろう。僕は皿洗いを再開した。


週末の空は晴れ渡っていた。高速もそれほど混んでいなかったから、ゆっくり家を出たにもかかわらず、日が傾く前には墓地に到着することができた。

そこは海が見える丘だった。広々とした芝生に覆われて、墓石は地面に低く埋め込んである。緑も多い。いわゆる墓地とはちょっと違った雰囲気だ。

僕たちはまずお墓の掃除をした。といっても、管理が行き届いているので、苔《こけ》や雑草が生えているといったことはない。持ってきた花束とお菓子、それからお線香を供えて、僕と父さんは手を合わせた。

しばらくしてから目を開けても、隣の父さんはまだ目を閉じたままだった。僕はなんとなく、小さな墓石に刻まれた睦川知子《ともこ》という名前に目を遣る。父方の祖母や祖父、母方の祖母や祖父といった親族の墓はまた別にあり、このお墓にいるのは、母さん一人だけだ。

写真や映像の中でしか知らない、僕の母親。

母さんは僕が生まれてすぐにこの世を去った。病気だったという話は聞いたけれど、それがどんな病気だったのかは具体的には知らない。

墓石の脇には、生年と没年、そして享年二十九と記されている。

二十九歳。今から九年経てば、僕は母さんと同じ年になる。そしてそれからは、一年一年、僕のほうが年上になっていく。

「ちゃんと報告したかい？」

いつの間にか両手を下ろしていた父さんが言った。

「うん」、と僕は頷いた。何をどう報告していいのかは分からない。伝えられるのは、とりあえず、元気で暮らしていることぐらいだ。

「恋人ができたことも？」

父さんの言葉に、僕は思わず顔をしかめた。

「なんで、そんなこと、急に」

「お前はうっとおしいと思うかもしれないけどね」

父さんはにこにこしながら言った。

「親っていうのは、そういうことを一番知りたいものなんだよ」

「大体、彼女ができたかどうかなんて、なんで分かるのさ」

「分かるんだよ。親だからね」

父さんはなぜだか胸を張った。

「で、どんな子？」

「どんな子って……」

美人だよ、という言葉は飲み込んだ。

「普通だよ」

「好きな食べ物とかはあるのかな」

「食べ物は分からないけど、日本酒が好きで、僕と違って酒も強くて……」

言ってから、急に照れくさくなった。

「もういいよ」

僕はしかめつらをして父さんに背中を向けた。

「そろそろ、行こう。明日も来るんだから」

そう言って歩き始めた僕の背中に父さんが言った。

「今度、連れて来たらいい」

その言葉に、僕は思わず足を止めて振り返った。

「ここに？」

「違うよ。家に、だよ」

父さんの顔には穏やかな笑いが浮かんでいた。

「ここでもいいけど。ここは、いいところだからね」

そう言うと、父さんは芝生の向こうの海に目を向けた。

「ここはね、母さんとの思い出の場所なんだ。二人で初めて一緒に出かけたのが、ここだった」

「墓地でデートしたの？」

父さんやおじさんの言葉の端々から、母さんがちょっと変わった人だったというのはなんとなく知っていたけれど、それにしたって初めてのデートが墓地だというのは、どういう神経なのだ。

「知ってて来たわけじゃないよ」

父さんは苦笑しながら言った。

「海の近くに芝生のきれいな場所があるから、公園に違いないと思い込んじゃったんだよ。あとで気付いて、二人で笑っちゃった」

そう言うと、父さんは懐かしそうな表情を浮かべた。

「凛太郎」

「なに？」

「生まれて来てくれて、ありがとう。知子が死んで、本当はあのとき、僕も死のうと思った。何度もここから海を見て、このまま飛び込んでしまったら死ねるかな、そうしたらどんなに楽だろうと思った」

父さんはそう言いながら、その場にしゃがみこんでそっと墓石に触れた。大切な何かに触れるような優しい手つきだった。

「でも、君がいてくれたおかげで、生きられた。大変なこともあったけど、楽しいこともたくさんあった。だから、ありがとう」

「なに変なこと言ってんの」

僕はあわてながら言った。

「やめてよ、恥ずかしいから」

「そうか？　なあ、父さんが死んだら、ここで、母さんと同じお墓に入れてくれ。約束だよ」

「どうしたんだよ、さっきから。そんなのまだまだ先のことだよ」

僕の言葉に、父さんは我に返ったように頷いた。

「ああ……、それもそうだ。少なくとも、君が結婚するまでは、いや、子供の顔を見ないうちには死ねないな。孫の顔を見て、どんなだったかあの世に行ってから報告しないと、『なにしてたの！　ちゃんと見てきてよ！』って叱られる。でも、できれば早いうちがいいなあ」

「分かった分かった」

僕は呆れながら、そして少し安心して歩き出した。しばらく歩いて振り返ると、父さんは名残を惜しむように、お墓と、その向こうに広がる海を眺めていた。

穏やかに凪《な》いだ海が太陽の光をきらきらと跳ね返している。潮の香りはほとんどしない。光の加減で父さんの顔はほとんど見えないけれど、泣いていないことだけは分かった。

そういえば、母さんのお墓の前で父さんが泣いたことは一度もない。家ではあんなによく泣くのに。

それから僕は立花のことを考えた。今、彼女が一緒にいればいいのに、そう思った。どうして一緒にいないのだろう？　ごく自然に、そう思った。


立花が家に来たのは、次の土曜日の午後だった。父さんは朝からそわそわと落ち着かず、仏壇に「今日は凜太郎の彼女が……」と報告したり、近くの美味しいと評判のケーキ屋さんに走ったり、帰ってきたときは「日本酒が好きだと聞いたので」と、ケーキの大箱と一升瓶を両手に抱えていたりした。

そんな父さんに呆れつつ、彼女を出迎えに行った。待ち合わせの目印は近所のコンビニで、立花は所在なさそうに店の前に立っていた。

「立花」

僕が声を掛けると、彼女は居眠りを注意された生徒のように、びくりと背筋を伸ばした。

「あれ」

僕は立花の服装に目を留めた。上はシンプルなシャツとニットで、下は膝丈のスカート。普段はジーンズばかりの立花にしては珍しい。

「変かな」

そわそわと立花が言った。

「その、ムッちゃんの家族と会うわけだし、ちょっとでも、きちんとした格好でと思ったんだけど、スーツは黒しか持ってなくて、それもお葬式みたいだし……」

「そんなに気を遣わなくても。うちの父さん、堅苦しい人じゃないから」

「そうは言っても」

立花は自分の格好が不安なのか、それともスカートに慣れていないのか、その場で自分の背中を見るような様子でくるくると回っていた。

「やっぱり、スーツのほうが」

「面接じゃないんだから」

とにかく行こう、と言って僕たちは歩き出した。ふと思いついて、僕は立花の顔を見つめる。

「なに」

「今日は飲んでないの」

「飲むわけないでしょ」

そう言って、立花は小さくため息をついた。

「飲もうかとは思ったけど」

そうして、急に立ち止まり、「ああ、緊張する」と呟いた。

立花の顔はいつもと同じで緊張など少しもうかがえない。というか、ちょっと怒っているようにも見える。顔に出ない性格、というより、むしろ感じていることと逆の顔をしてしまうタイプなのだ。

「ただいま」「お邪魔します」

僕たちが家に着くと、ばたばた！　とスリッパを鳴らしながら父さんが玄関に走ってきた。

「ああ、いらっしゃい、遠いところ、わざわざ。なんて言うか、申し訳ない」

「い、いえ、遠いわけではないのです。もっと早くにご挨拶しなければと思ってたんですが……、あっ！　私、立花朋と申します。凜太郎さんにはいつもお世話になって……」

「朋さん、とおっしゃるんですか。そうですか、いいお名前ですねえ！　あの、私の妻……、ええと、これの母親は知子と言うんですが、音が同じで、なんだか親しみが……、あ！　そうそう、申し遅れました、私、凜太郎の父で、そうだ、私も妻も、凜太郎や立花さんと、同じ大学に通ってたんです、いやあ、なんだか他人とは思えません」

「ちょっと、二人とも落ち着いて」

僕は言った。実は僕もかなり緊張していたのだけど、二人の様子を見ると思わず苦笑してしまった。

「とにかく、上がって」

「う、うん……、お邪魔します」

リビングに移動すると、テーブルの上に、父さんの淹《い》れた紅茶とケーキが並んでいた。

「もし良かったら日本酒もありますから」

父さんの言葉に、立花は顔を赤らめ、僕をちらりと睨んだ。

「なに、これ」

僕はケーキの横に積み上げられたものに目を向けた。

「なにって、アルバム」

父さんはあっさりと言った。

「こういうときの定番だろう? 子供の恋人が家に遊びに来て、親に挨拶して、話が続かなくなったときの」

「そういうもの?」

「そういうもの」

父さんは笑みを浮かべた。

「僕も、君の母さんを初めて両親に紹介したとき、テーブルの上にアルバムが置いてあった」

「こんなの、見たい?」

そう訊ねると、立花は小さく、でも熱心に頷いた。

「あの、見せていただいても?」

「もちろん。そのために出してきたんですから。ええとね、これはいつかな」

「そんなの見ても、面白くないよ」

僕はそっぽを向いて、紅茶を飲みながら言った。けれど、父さんと立花は顔を突き合わせ、「これは小学校の頃ですか?」「そうそう。この頃の凜太郎はよく泣く子で」などと言い合っている。

恥ずかしい。

そう思いながらも、ちらりとアルバムに視線を送ると、小学生の頃の僕と目が合った。写真はとてもたくさんあった。見る限り、父さんが四六時中カメラを片手に僕を追い掛け回していたのではないかという気すらした。

けれどそんなことはない。父さんは昼間は会社に行っていたし、週末にも急な仕事で家を空けることがあった。そういうときは主に正広おじさんが、そうでなければ父さんや母さんの友達が面倒を見てくれた。母さんはすでにこの世の人ではなかったし、祖父母も遠くに住んでいたからそれほど頻繁に会いに来ることはなかったはずだ。

男手ひとつで僕を育てるのは大変だっただろうなと、改めて思った。

「こっちはもっと小さいときだね」

父さんが明るい声で別の一冊を取り上げた。

ページの最初には大きな写真が貼られていた。若い女性の胸に抱かれている赤ん坊。僕と母さんだ。窓の外から入ってくる柔らかい光が母さんの横顔を照らしている。僕はまだ本当に小さい。母さんは疲れたような顔をしているけれど、満ち足りた笑みを浮かべている。

「凛太郎さんの、お母さん……？」

「うん。美人だろう？」

父さんは照れる様子もなく、言った。

「明るい人でね。ときどき変なことをしたり言ったりして、びっくりさせられることもあった。でも、一緒にいる間は、ずっと楽しかったよ」

父さんは穏やかに、母さんの思い出をあれこれと話した。

「お母さん似ですね、ムッちゃん……」

つい、普段の呼び方が出てしまったことを恥じるように、立花はちょっと口を押さえて「凜太郎さん」と言いなおした。

そんな立花に、父さんは和やかな目を向けた。

「ムッちゃんて呼んでるの？」

「ええ、はい、ごめんなさい」

「謝らなくていいよ。睦川、だからね。それが呼びやすい」

そう言った父さんが黙り込んだ。

「ははは」

父さんが急にわざとらしい笑い声を上げて、上を向いた。

「そうだ、すっかり忘れてた。ケーキを食べよう。お、紅茶のミルクとレモンがないじゃないか」

そう言うと父さんは立ち上がって、キッチンのほうへと向かった。やがて、盛大に洟をかむ音が聞こえた。

ケーキを食べ終わると、父さんは「ちょっと約束があるから」と言い残して出掛けて行った。僕はとりあえず、立花を自分の部屋に案内した。

「びっくりしなかった？」

ベッドのへりに腰を下ろして、言った。

「ちょっと変わってるでしょう、うちの父さん」

しばらく考えて、立花は首を振った。

「いいお父さん」

僕の隣に座った立花の背筋はまっすぐに伸びて、顔は固定したように僕を向いている。立花の考えていることがなんとなく分かって、僕はちょっとだけ笑ってしまった。

「部屋、好きなように見ていいよ」

「……失礼じゃない？」

「見てもらうために呼んだんだから」

そう言うと、立花はやっと顔を動かして、部屋のあちこちに視線を巡らせ始める。

「男の子の部屋に入ったの、初めてなもので」

物珍しそうに本棚やラックを眺めていた立花が、しばらくしてからぽつりと言った。

「お父さん、泣いてたね」

何事もないように振る舞っていたけれど、あのあとキッチンから戻ってきた父さんの目は真っ赤だった。

「悲しいことを思いださせて、悪いこと、しちゃった」

「そんなことないよ。アルバム用意したのは父さんだし。それに、よく泣くんだよ、あの人」

そう言ってから、僕は誕生日の、夜中の恒例行事のことを話した。

「お母さんのことは、覚えてるの？」

僕は首を振った。

「ほとんど……、っていうか、全然覚えてない。だから、写真とかビデオとか見ると、なんだか不思議な気持ちになる。本当に、自分にも母親がいたんだって。当たり前なんだけど」

「……心残りだっただろうね。子供と、お父さんと、置いていかなきゃいけなかったなんて。さっき写真で見た小学校の頃のムッちゃん、自分でも見たかっただろうね」

「そうかもね」

僕は自分が子供の頃のことを思い出して、言った。

「よく父さんが言ってた。お母さんは星になって、ずっと見守ってくれてるんだよって。そういえば、ときどき父さんと一緒に空を見上げたりしてたな。最近はもう、そんなこともないけど」

「あれも?」

立花が天井を指差した。そこには小さな星の形をした蛍光のシールが一面に貼ってある。

「子供の頃、父さんが貼ってくれたんだ。何も言わなかったけど、僕が寂しがらないようにって思ったのかな」

しばらくの間、僕と立花は、その偽物の、でも満天の星を眺めた。

「あの……」

しばらくして、僕を向き直った立花が言った。

「ムッちゃんに、言わないといけないことがあって」

立花はなんだか改まった様子で、僕はかすかに緊張を覚えた。

「なに?」

「私……、その、できるだけ何でもムッちゃんに話せればと思ってて。だから、隠し事というか、考えていることというか、相談というか……」

「うん」

僕はじりじりしながら、立花の話が核心に触れるのを待った。もしかして、実は別に好きな人がいるとか、二股を掛けているとか？

もしそうだったとしても、怒ったり取り乱したりすることはやめよう、そう心に誓った。

立花は、僕にとっては大切な存在だ。もし誰かのことを好きになったというのなら、それを応援してやろう……。

できるわけがない。

「今、研究室の手伝いしてるでしょう？」

立花が言ったとき、僕の緊張はほとんどピークに達していた。

「それで色んな人と会ったり、話したりすることも増えて」

そこで誰か、好きな男でもできた？

「うん」

「色々考えてみたんだけど」

考えてみたら、優柔不断だし、はっきりしないし、僕のことなんて好きじゃなかった？

「うん」

「進学って決めるのは今じゃなくてもいいのかもしれないと思って」

「……うん？」

「もし本当に研究したかったら、何年か一般の会社で働いてからでも遅くない……、というか、就職なら新卒のほうが可能性はいろいろあるだろうし」

「ごめん」

　ついに耐え切れなくなって、僕は言った。

「何の話？」

「だから、進路。進学の準備だけじゃなくて、就職活動もやってみようかと思って」

「……ああ、うん、分かった」

　自分がいかにも的外れなことを考えていたせいで、体がぐにゃぐにゃした。

「僕も、言ってないことがあって」

　そのせいか、言葉が自然に口から出ていた。

「なに」

　立花の眉の間に、深い皺が寄った。それが怒りや不機嫌の印でないことはもう分かっていた。

「立花のことが、好きだって、ちゃんと言ってなかった」

　僕は言った。言えた。

「前に、人のことを好きになるってよく分からないって言ったよね。でも、やっと分かった。立花と一緒にいるようになって分かった。これが、そうなんだって」

　立花は厳しい顔のままで、僕を見つめた。

　次に何が起きるか、僕は知っていただろうか？　知っていたはずがない。けれど、特別な能力などなくても、人はときに、未来を予知できることがある。

立花は唇を少し開いた。同時に、目からぽろぽろと涙がこぼれおちた。

うぅ、と立花の口から妙なうめき声が漏れた。

「言っとくけど、悲しくて泣いてるんじゃないから」

こんなときでも、立花は立花で、それがうれしかった。僕はごく自然に手を伸ばした。手のひらが立花のあごに触れた。

ぱち、と何かが手のひらの上で弾ける。短く鋭い痛み。そして目蓋の裏に浮かぶ映像。

〈立花が仰向けに倒れている。輝いているように見える。目は開いている。頬に点々と血が飛び散る。頭の後ろから、真っ赤な血溜まりが広がっていく……〉


見えることとは分かっていた。見たくなかった。

でも、見なければ。

僕は立花と口づけを交わした。その柔らかい感触と鋭い痛みを同時に感じた。

再び映像が浮かぶ。より長く、鮮明に。

僕は意識を逸《そ》らさなかった。

唇を合わせたまま、両手で立花を抱きしめる。痛みがさらに強くなる。けれど腕を解くことはない。

これから見えるものをしっかりと覚えておく。それが未来を変える、ヒントになる。

絶対に忘れるわけにはいかない。僕と彼女の未来のためにも。


数時間後、僕は立花を駅まで送った。言葉を交わすことはほとんどなかった。その代わりに固く手を握り合っていた。ぎこちなく歩いていた立花は、いつにも増して難しい顔をしていた。そんな横顔に、これ以上ないほどのいとおしさを感じた。

「じゃあ、ここで」

駅の改札で、立花が言った。

「うん、気をつけて」

ここでもう一度抱きしめてキスをしたら、立花はどんな顔をするだろう。怒られるだろうか。そうかもしれない。でも、その顔も見たかった。

無性に立花のことを抱きしめたかった。何が見えたとして、ついさっきまで腕の中にあった、細く白い体をもう一度しっかりと確かめたかった。

結局、僕は何もせずに、手を振って別れた。改札を抜けたあと、立花がちょっとこちらを振り向いた。

立花が小さく手を動かして、僕は笑顔で応える。

その間も、頭にはずっと、先ほど見た鮮明な映像が浮かんでいた。

僕のこの体質が変わることは、たぶんないだろう。今まではそれが呪わしかった。

どうしてこんな体質に生まれたのだろう、そう思っていた。

今でもその気持ちは変わらない。けれど、そのおかげで僕は立花の未来を知ることができた。未来を変えるチャンスを与えられた。

大切な人を失わないための、大きなチャンスを。

☆

祖母が危篤だという電話を受けたのは、十月に入ってすぐの頃だった。高齢の祖母はこれまでも入退院を繰り返していて、どうやら今回は危ないかもしれないというのが電話をくれた母の意見だった。夏に帰ったときにも祖母は入院していた。お見舞いに行ったときには頭はしっかりしていたけれど、体も顔も、なんだか小さくなったようで、ずっと気にかかっていた。

母は、どうしても帰って来い、というようなことは言わなかったけれど、電話を受けたときには、私はもう帰る決心をしていた。両親が共稼ぎだったせいもあり、子供の頃の私は、ほぼおばあちゃんに育てられたようなものだった。

そうして数日分の荷物をまとめているとき、大事なことを思い出した。夕方、ムッちゃんとデートの約束をしていたのだ。あわてて電話を掛けたけれど繋がらない。もう！　と思ったが、誰のせいでもないし、怒っていても仕方がない。

しばらく考えて、とにかく家を出ることにした。待ち合わせの場所は駅だったから、あとで駅に直接電話をすれば連絡は取れるだろう。

やって来た電車に飛び乗り、まずターミナル駅まで行って、そこから新幹線に乗り継いだ。

空いていた座席に腰を下ろして、鞄《かばん》を膝に載せる。新幹線が動き出す。

車窓を流れる景色を見ていると、おばあちゃんとの思い出が次々と頭に浮かんだ。一緒に並んでテレビを見たり、ムツの散歩に行ったり、夕食のおかずの一品をそっと分けてくれたり、そんな他愛もない日常ばかりだ。その他愛なさがいとおしかった。

私は立ち上がった。これ以上、おばあちゃんのことを思い出していると、泣きそうだった。

通りかかった車掌さんに電話のある車両を訊ねる。そろそろムッちゃんとの待ち合わせの時間だ。最初に番号案内で駅の番号を調べて電話を掛け、担当の人にアナウンスをお願いして、ムッちゃんの名前を伝える。ホントにこれで大丈夫なんだろうか、電話を片手にそんなことを考えていた私の耳に、ムッちゃんの声が聞こえた。

「いきなり名前呼ばれたから、びっくりした」

電話線を通したその声はくぐもっていて聞き取りにくかったけど、まぎれもなく、ムッちゃんのものだった。

「どうしたの、何かあった？　大丈夫？」

私はおばあちゃんのことを伝えた。

「行けなくなって、ごめんね」

「いいよ、そんなことは。あの、なんて言っていいか分からないけど、おばあちゃんに会えるように、祈ってるから」

そういうムッちゃんは涙声になっていた。

「ありがとう。帰ったら、連絡するね」

名残惜しかったけれど、手持ちの小銭も尽きた私は電話を切った。そうして座席に戻りながらムッちゃんの声を思い出していた。それは何よりも大きな救いになった。

駅から向かった実家は空っぽだった。全員が病院に行っていた。そのことを伝えてくれたのは隣に住んでいるおばさんで、私は急いでタクシーを拾って病院に駆けつけたけれど、間に合わなかった。おばあちゃんの死に目に会うことはできなかった。

「電話した後、容態が急変して」

母はそう教えてくれた。

「意識がなかったけれど穏やかな最期だった」

直接病院に来ても、間に合っても、意味のある会話はできなかっただろう、母はそう言いたかったに違いない。

でも、もし駅から直接病院に来ていれば最後におばあちゃんと会えたかもしれない。そんな思いがぬぐいきれなかった。

「これから手続きとか連絡とかしないといけないから。食堂で待っててくれる？」

私はその言葉に従って、一階に下りた。自動販売機でパックに入ったジュースを買って、適当な席を探していると、「姉ちゃん！」という声がした。高校の制服を着た男の子が立ち上がって、手を振っている。弟だ。

弟は、小走りに駆け寄ってきた。

「来たんだ」

「うん」

私は短く言った。

「あんたは間に合った？」

私の問いかけに弟は顔を曇らせた。

「授業中に連絡が来て、それで」

「どうだった？　何か言ってた？」

「うーん……、なにも」

内緒話をするように声を落とした。

「でも、ばあちゃん、ホントに死んじゃったのかな。寝てるだけじゃないのかな」

ふと、古い記憶が蘇って来た。

ムツが死んだときも、弟は同じことを言っていた。ムツは寝てるだけだよ、そう言っていた。ムツは庭に埋めたりするには大きすぎて、ペット専用の火葬場に連れて行かなければならなかったけれど、最後まで弟はムツが死んだことを認めようとせず、「寝てるだけだ」と言い張った。ムツが運ばれていくときも、決して部屋から出てこようとしなかった。弟はムツのことが大好きだった。

「ねえ、姉ちゃん」

「なに？」

「死んだら、どうなるのかなあ」

私に訊ねるというよりも、自分自身に問い掛けるような口調だった。

「どうなるんだろうね」

死んだら星になって私たちを見守ってくれるんだよ、とそんな言葉が頭をよぎったが、口にするのは止めておいた。


葬儀はつつがなく行われた。祖母の友人や、付き合いがあった人のほとんどは、もうこの世の人ではないか、存命だったとしても葬儀に参加するのは難しかった。とはいえ田舎のことだ。近所の人たちも多くやって来て、私は愛想笑いを浮かべて、やって来た人に食事やお酒を出したり、話に付き合ったりするのに忙しかった。

「あー、疲れた」

ようやくすべてが終わって、私は喪服姿のまま、座敷の畳の上にひっくり返った。普段なら行儀が悪いから止めなさいというはずの母も何も言わなかった。私がやらなければ、きっと自分が先んじてそうしたに違いない。父は四十九日の法要の打ち合わせで、まだ戻ってはいなかった。

「あんた、いつ戻るの？」

母が疲れた声で言った。

「明日かな」

「もう帰っちゃうの」

　そう言ったのは弟だった。

「帰っちゃうのよ。大学の授業もそんなに休めないし、就職活動の準備もしないといけないし」

「いいなあ、大学生」

「人の話、聞いてる？」

　母が台所にお茶を淹れに行ったタイミングを見計らったように、弟が生意気な顔で言った。

「彼氏とか、できた？」

　弟は私とは違ってモテる子だった。短い期間で彼女を作っては別れるという、不届きなことを繰り返している弟は、この手の話題になるといつも先輩風を吹かすのだけど、今の私にはムッちゃんがいる。私は姉の威厳を見せつつ、答えた。

「できたよ」

「うそ！　マジで？」

「あんたの姉ちゃんは、結構モテるんだよ」

「どんな人？」

「教えない」

「なんでー。教えてよ。だって、兄ちゃんになるかもしれないんだよ？」

弟のその言葉に、顔に浮かんでいた笑いも引っ込んでしまった。

そうか。ムッちゃんと一緒にいれば、そんな未来だってあるんだ。

結婚して、お互いの家族とも、家族になる。今まで赤の他人だった人と親子になり、きょうだいになる。子供が生まれれば、もっと大勢の家族ができる。いつかはその子供も、誰かと出会って子供ができるかもしれない。そんな未来だって、やって来るのだ。

「すごい」

私は思わず、呟いていた。

「なにが？」

弟は首を傾げていた。私は自分が考えたことを説明しようとしたけれど、結局口を閉ざした。たぶん、私が感じたことは言葉にしても伝わらないだろう。

「すごいこと教えてくれたお礼に、いっこだけ教えてあげる」

代わりに、言った。

「彼、睦川っていう名字なんだ。私はムッちゃんって呼んでる」

きょとんとしていた弟の表情が崩れ、やがて笑いに変わる。

「ムッちゃん？　マジで？　なんか、すでに親近感湧いてきた。どこで知り合ったの？」

「同じ大学」

「今度、家に連れてきてよ。俺も姉ちゃんと同じ大学受けるからさ、できたらその前に。色々話とか聞きたいし、それに仲良くなりたいし」

「そのうちね」

私は思った。この家にムッちゃんを連れて来るときは、その前にきちんとムツのことを説明しておかないと。たぶん、私が「ムッちゃん」と呼んだりすれば、家族は「え？」というような顔をして、それから笑い出してしまうだろう。でも、教えないのも面白い。きっとムッちゃんはびっくりするだろう。意地悪だけど、その顔を見てみたい気もする。

そうだ。帰ったら、ムツのことを話してみよう。そうしたらムッちゃんはどんな顔をするだろう？

ムッちゃんがいてよかった、心の底からそう思えた。

早くムッちゃんに会いたかった。一秒でも早く、彼に会いたかった。

5

「これ、後にしようかと思ったんだけど」

　そう言って、リボンが掛かった小箱を手渡したのは、大晦日の出来事のあと、立花に呼び出されたあのカフェだった。この店は、すっかり二人の待ち合わせ場所になっていた。

「誕生日、おめでとう」

　かすかに大きくなった目を、箱と僕とに交互に向ける。その往復があまりに何度も続いたもので、思わず笑ってしまった。

「開けていい？」

　立花が小さな声で呟いた。

「もちろん」

　でも立花はなかなかリボンに指を掛けようとしなかった。リボンを解いたらこの箱が消えてしまう、そう思い込んでいる子供のように、リボンに指を触れては引っ込めるを繰り返してから、意を決したようにリボンを解いて、包み紙を開けた。

「気に入ってくれたらうれしい」

僕は落ち着かない気分で言った。

立花の耳にその言葉が入っていたかどうかは分からない。立花の目は、箱の中の、青い石が嵌ったピアスに釘付けになっていた。

「付けてみたら」

「もったいない」

「付けてもなくならないって。お守りだと思って、いつも付けててくれたら」

立花はためらいがちに、付けていたシンプルな銀のピアスを外した。丁寧な手つきでピアスを交換すると、髪をかきあげて、僕に耳たぶを見せる。

「似合う」

僕が言うと、立花は空になった箱をそっと両手に包み込んだ。

「大切にする」

幸せそうな横顔に、僕自身がプレゼントをもらったような気になった。同時に、かすかな罪悪感のようなものも感じた。

それは確かに立花が喜ぶ顔を思い浮かべながら選んだものだった。けれど、ピアスを選んだのはそれだけが理由ではなかった。

僕が見た未来。

〈立花の笑顔。不意に、横顔に変わる。白い光に照らされる。体が宙に舞う。地面に叩きつけられる。輝いているように見える。頬に点々と赤が飛び散る。頭の後ろに、真っ赤な血が広がっていく……〉

立花の身に何が起きるのか、なんとなくだけど、想像はついていた。

横顔を照らしていた光。あれは恐らく車のヘッドライトだ。この先、どこかの時点で、立花は交通事故に遭う。

それを防ぐためには、どうしたらいい？

未来の立花は、ピアスをしていた。あごの線に掛かる程度の長さがある、羽のようなデザインのもの。そんなものを身に付けているのは見たことがない。きっと、この先のどこかで、立花はそれを手に入れるのだろう。

僕が考えたのはこういうことだ。

もし、立花がそのピアスを付けることがなかったら？　付けるはずのものを付けなかったら？

たとえば、出掛けるときにどの靴を履こうか迷う。スニーカーにしようか、サンダルにしようか、ブーツにしようか。そしてスニーカーを選んだとして、その紐《ひも》が解けてエスカレーターの隙間に巻き込まれて足首を挫《くじ》くことがあるかもしれない。ブーツやサンダルを選んだら、そんなことは起きなかった。

たいていは、どれを選んでも同じことだ。けれど違う結果が生まれることもある。未来はちょっとしたことに左右される。たとえば、新入生の懇親会で、僕たちが同じテーブルに座ったように。

ピアスだけではない。映像の中の立花は、髪が短くなって、あごのラインがはっきり見えていた。着ているのは白っぽいコートだった。髪は短くしないほうがいい、白っぽいコートはやめておくように、そう伝えたほうがいいかもしれないが、急にそんなことを言うのは不自然だ。でも、ピアスなら、プレゼントしてもおかしくないだろう。

お守りと言ったのは、たとえ話ではなかった。それが彼女の身を守ってくれる、本当のお守りになるかもしれない。

「時間、まだ大丈夫だよね」

立花が言って、僕は頷いた。この後は、長野の家で鍋を囲む約束をしていた。堺井も時間が取れるということで、久しぶりにおなじみのメンバーが顔を揃える。

「ちょっと散歩してから、行かない？」

「うん、そうしよう」

僕は答えた。

「私、忘れない」

危うく聞き逃しそうなぐらいの小さな声で立花が言った。

「こうやって誕生日にムッちゃんと一緒に過ごしたことも、プレゼントにピアスもらったことも、ずっと忘れない」


「じゃあ、久々の全員集合と、立花の誕生日を祝して、かんぱーい！」

長野が大きな声で言って、全員がそれぞれの飲み物を掲げた。

「堺井、なんか痩せたんじゃないの？」

「そうかも。重労働だし、酒も飲んでないし。で、長野は彼女と別れたんだって？」

「別れてねえよ！　就活で時間がなくて、あんまり会えないだけで」

「あー、それはやばい」

「聞いてー！　私たちは上手く行ってるのー！」

「いや、聞いてないから」

みんなが好き勝手にしゃべり、酒が進み、鍋はどんどん減っていく。僕は立ち上がり、追加の具材を準備しに台所に入った。

「仲良くしてるみたいじゃん」

後から追いかけてきた樹が言った。

「まあね」

僕は言った。

「こういうのって、みんなに言ったほうがいいの？」

「うーん、いいんじゃない？　っていうか、なんとなく気付いてるしー」

「そうなんだ」

急に照れくさくなって、そのせいか、切った野菜はやけに細かくなってしまった。

「朋のこと、泣かせたらダメだからね」

そう言った樹が、急に思いついたように顔を上げた。

「そういえば、なんて呼んでるの」

「そりゃ、立花って」

「えー！　ダメだよー、朋って名前で呼んであげないとー」

「もうちょっと、慣れたら」

僕は野菜を盛り付けた大皿を押し付けた。

「はい、これ運んで」

「ちょっとー！　多いよー！　重いー！」

　樹はぶーぶー文句を言いながらそれを運んで行く。僕も肉のパックを持って後に続く。僕たちが戻ると、場の空気がなんだか静かになっていた。

「どうしたの？」

　樹が訊ねると、長野がしんみりした調子で言った。

「いや、ホント早いもんだって話してたんだよ。大学に入ったときは卒業なんて、ずっと先だと思ってたのに。それがもう、ほとんど終わりかけだよ」

「終わりかけって、まだ一年以上あるじゃん」

「まあ、そうなんだけどさ。覚えてる？　去年の年末だっけ、鍋したとき。一年なんてあっという間なんだろうなとかなんとか話してたけど、本当にあっという間だったよな」

「俺、そのときまだ、大学生だった」

　堺井がしみじみと言った。

「やっぱりさあ、社会人って大変だって思うよ」

「なんで？」

「うちの師匠見てるとさ、最初は、自分の好きなことを仕事にできて、才能もあって、いいなって思ってたけど、それって、仕事の半分ぐらいなんだよ。あとの半分は銀行に電話したり、何時間も客の話聞いたり、材木屋とやりあったりでさ。師匠、あんまりそういうことに向いてない人なんだけど、それでも頑張ってやってて、ホント、大変だよ」

そういう堺井の顔はアルコールのせいで真っ赤だった。

「自分の親父もさ、ずっとそうやって来たんだろうなって思うと、感謝しかないよな」

「そういや、お父さんとは仲直りしたの？」

樹が訊ねた。

「いやー、まだ」

「早く仲直りしなよー」

樹の口調は軽かったが、目は真剣だった。

「分かった」

言われた堺井も、子供のような素直さで頷いた。

ふと、妙な想像が浮かんだ。

自分が年寄りになったとき、今、このときのことを思い返して、あのときはまだまだ子供だったなと、そんなことを思うのだろうか。

子供の頃、世界がどんなふうに見えていたのかは覚えていない。たとえば、虹はどうして七色なのか、人は生まれる前はどこにいて、死んだらどこに行くのか、そんな疑問を持っていたのだろうか。父さんと夜空の星を見上げていたとき、あの星の中のどこかに母さんがいて、自分を見守っていてくれている、そう信じていたのだろうか。気付くと、立花が僕を見つめていた。なぜか、僕が考えていることはお見通しのような気がした。立花の口元には僕だけが分かるかすかな笑みが浮かんでいた。

今日は朝まで飲むと宣言していた堺井があっさり潰れて、その夜の集いは散会になった。

「インターン、応募してみようかと思って」

いつものように家まで送る途中で、立花が言った。

「まだ進学か就職か、はっきり決めてないんだけど。色々な会社を見ておくのも役に立つだろうし。どう思う？」

「いいと思う。どんな業種に行くの？」

「色々考えて、下調べしてるところ」

そんな話をしていると、立花の部屋まではあっという間だった。

「寄っていく？」

マンションの前まで来ると、立花が言った。何気ない口調を装っていたけれど、緊張しているのが分かった。

「うん、その……、泊まって行ってくれても」

立花の顔は、夜の中でも分かるほど、真っ赤になっていた。

「じゃあ、ちょっとだけ……」

なにがちょっとだけ、なのかは自分でも分からなかった。

僕たちは二人でエレベーターに乗り込んだ。その間、どちらも口を開こうとはしなかった。

立花の家は、玄関も、短い廊下の向こうに見えるリビングも、きちんと整頓されていた。かすかに花のような香りもする。

僕たちはしばらく見つめ合った。そして、ごく自然に抱き合った。

そっと唇を合わせた。おなじみの、ぱち、という感触が唇の上で爆《は》ぜる。

次の瞬間、僕は動けなくなった。

「どうしたの？」

気付けば立花が心配そうな顔になっていた。

「え……、あの、ごめん」

僕はなんとか言った。

「父さんに、早く帰ってくるように言われてたんだ」

「そうなの？」

「うん、家の用事、頼まれてて。だから、今日は帰るよ。おやすみ」

「……おやすみ」

僕たちは再びキスをした。さっき見たものが見間違いでありますように。そう願った。けれど、僕が見たのは、先ほどとまったく同じ映像だった。

「具合悪い？　飲みすぎた？」

「大丈夫」

僕は無理やり笑顔を作って、立花の部屋を後にした。

エレベーターに乗り込んだとたん、抑えていた体の震えが噴き出した。猛烈な悪寒がする。立っていられなくなって、僕はその場にうずくまった。

唇が触れたときに見えた未来の立花の姿。それは以前見たものと変わっていなかった。ただ一箇所を除いては。

立花の耳にはピアスが光っていた。青い石の嵌ったピアス。

ついさっき、僕がプレゼントしたもの。もしかしたら、これで未来が変えられる、立花を守ってくれる。そう思ったもの。

けれど、何の意味もなかった。

僕は瞬《まばた》きをすることもできないまま、自分の心臓の音を聞いていた。

何かをしようとしても、未来はそれを嘲笑うように姿を変えてしまう。もし髪を短くするな、白いコートを着るなと言っても、立花がそれを聞き入れても、ただ未来の映像が少し変わるだけ。

どうやっても、未来は変えられない？　そして僕の大切な人の命を奪い去ってしまう？

いや、違う。

〈立花の笑顔。不意に、横顔に変わる。白い光に照らされる。体が宙に舞う。地面に叩きつけられる。輝いているように見える。頬に点々と赤が飛び散る。頭の後ろに、真っ赤な血が広がっていく……〉

立花の笑顔。それは僕に向けられたものだ。

もしも。

もしも、その笑顔が僕に向けられることがなければ。僕が二度と立花と会わなければ。そうすれば未来は、変えられる？

☆

池の上を、心地よく涼やかな風が渡っていく。水面は秋の陽光を反射しながら銅版画のように波立って、つい手を伸ばして触れてみたくなる。

「いい天気だなあ」

ボートのオールを漕《こ》ぐ手を止めたムッちゃんが空を見上げた。

「こうやって、のんびり過ごすのが一番いい」

そう言った私に、ムッちゃんは穏やかに微笑んだ。

私たちの週末ごとのデート。特別なことをするわけではない。公園のベンチで待ち合わせて、ゆっくり散歩する。ボートに乗ることもあれば、公園の隣の敷地にある動物園に行くこともある。年老いた象の前のベンチに座って、おしゃべりをしたりお茶を飲んだりする。たまには年相応に、と言いながら人がたくさんいるところに行くこともあるし、それはそれで楽しいけれど、やっぱりこうやって、静かな場所でくつろいでいるのが一番だ。

「公園でぶらぶらできるのも、あと少しかも」

「もうすぐ寒くなるしね。どっちにしてもこんなにのんびりできるのは、もう最後だろうな」

　私は渋い顔をしてみたが、ムッちゃんの正しさを認めないわけにはいかなかった。そろそろ本格的に就職活動の準備が始まりつつある。あのOBには会っておかないと採用に進めない、あの会社は今年は新卒を採用しない、どこそこではもう内々定が出たらしい、そんな嘘か本当か分からない話があちこちで囁かれている。年が変わって春が来る頃には、もっと落ち着かなく、忙しくなっているだろう。

　そんなあわただしさはあったけれど、私とムッちゃんの関係はおおむね良好だったと思う。大学でも少しずつ「あの二人は付き合っている」と、公認のカップルとして知られるようになって、おかげでムッちゃんに言い寄る女の子はいなくなり、私の心はずいぶん平和だ。ただ、だからといって万事が順調というわけではなかった。

「ねえ」

　ボートを降りてから、何気ないふうを装って言った。

「このボート、カップルが一緒に乗ると、別れるんだって」

　返事はすぐには返って来なかった。

「えっ、なに？」

　少しの間を置いてから、ムッちゃんが言った。

「だから、このボートね、カップルが一緒に乗ると、別れるんだって」

私が同じことを繰り返すと、ムッちゃんが顔をしかめた。

「やめてよ、そういうこと言うの」

半分は面白がっていたけれど、残りの半分では心配していた。

最近のムッちゃんは私と一緒にいても、ときどき上の空になることがある。声を掛けても気付かないか、気付くのが遅れることも多い。

「なにか、悩んでるの？」

そう訊ねてもムッちゃんは「別に悩んでないよ？　なんで？」などと、白々しい答えを返してくるだけだ。

これからの就職活動を思ってのことだろうか。もちろんそれもあるだろう。けれど、理由は他にもある気がした。

浮気でもしているのだろうかとも思った。その可能性はなくはない。といってもムッちゃんは誠実な人だ。だから浮気じゃないかもしれない。本気で、別に好きな人ができたってこともあるかもしれない。考えたくもないことだったけれど、だからといってあり得ないことではない。

実際、ムッちゃんが何かを言いたそうにしていることもあった。気の進まないことを切り出すタイミングを計っているように、深刻な様子で、私の横顔をじっと見つめている。私はそれに気付かないふりをすることもある。「なに?」とムッちゃんの顔を見返すこともある。ムッちゃんが、口を開いて、何かを言い出しそうになることも。けれど、結局ムッちゃんは何も言わない。何も、教えてくれない。

その日のことは今でもよく覚えている。

十一月も終わりの頃で、公園の木々の葉は色づき、ベンチで長い時間座っていると、足元から少しずつ寒さが這い上がって来る、そんな季節だった。

待ち合わせの場所に現れたムッちゃんは、私を見て微笑んだ。私も微笑みを返しながら、じっとムッちゃんを見つめた。

その数日前から、ムッちゃんは変だった。やけに明るくはしゃいで見せたかと思うと、急に黙り込む。私が話しかけても、生返事をする。ベンチに並んで座っていても、隣にいるムッちゃんがやけに遠く感じられた。

「そろそろ行く?」

日が傾き始めた頃、私は言った。

「うん」

ムッちゃんは答えた。けれど立ち上がる素振りを見せなかった。

私にはなんとなく分かった。決めたのだな、ということが。

もちろん、何を決めたのかは分からない。私に何かを話すことを、または話さないことを、あるいは私と一緒にいることを、そうしないことを。

なぜそう思ったのかも分からない。私たちが一緒にいるようになって、それほど長い時間が経ったわけではない。でも、今の私にはムッちゃんの考えていることがなんとなく分かるようになっていた。

だから私は待った。ときどき、犬を散歩させる人が目の前を通り過ぎた。そういう人を見るたび、心の中のムッに、「ムッちゃんはなにを話そうとしているんだろうね」などと、話しかけて、待った。

「あのね」

ようやくムッちゃんが口を開いた。

「言わないといけないことがあるんだ」

「うん」

来た、と思いながらも、私は平静を装った。

「なに？」

「その……、ずっと言わなきゃ、言わなきゃって思ってた。でも、勇気がなかった」

私は返事をしなかった。頷くこともなかった。ただムッちゃんの顔を見つめていた。

頭の中には色々な想像が浮かんでいた。

やっぱり、他に好きな人ができた？浮気じゃなくて本気？　そもそも私のことなんか好きじゃなかった？

私はじっとムッちゃんの顔を見つめて、ムッちゃんは私のほうを見ず、自分の膝の辺りに目を落としていた。

手が震えそうになった。告白したときより、初めてキスしたときより、ずっとずっと緊張していた。

「どうやって話していいのか、まだ分からないんだけど」

かなりの時間が経ってから、ムッちゃんは言った。

「落ち着いて聞いて欲しいんだ」

大きな声を出してムッちゃんの話を遮ってしまいたかった。

寒いよ。どこか暖かい場所に行こうよ。つまらない話は終わりにして、なにか美味しいものでも食べて、一緒に夜を過ごそうよ。

もし私がそう言えば、ムッちゃんは話を止めるだろう。止めたらしばらくの間は、なんだか分からないこの話を棚の上に放り投げておくことができる。

ムッちゃんが、すごく勇気を出していることは分かっていた。一度話を中断すれば、また同じぐらいの勇気を手に入れるまでには時間が必要になるだろう。もしかすると、その勇気は二度と戻ってこないかもしれない。そうすれば、私たちは今の関係を続けられる。

　やがてムッちゃんが口を開いて、私のチャンスは失われた。

「今から話すことは、嘘じゃない。本当のことなんだ」

　そう言って私に目を向ける。

「信じてくれる？」

「話の内容による」

　私が答えると、ムッちゃんの強張《こわば》った頬がかすかに緩んだ。

「そうだよね」

　ムッちゃんは少しだけためらって、話を続けた。

「もし、僕が未来のことが分かるって言ったら、どう思う？」

　何を言われているのか分からなかった。

　未来のことが分かる？

「明日の天気とか、テストで何が出るとか、ギャンブルで大穴が当たるとか、そういうこと？」

　冗談のつもりはなかった。未来のことが分かると聞いて、思いつくのはその程度だ。

「そうだといいんだけど」

ムッちゃんの口元は笑みの形にはなっていたけれど、決して笑ってはいなかった。

「たとえば、その人がいつ死ぬとか、そういうこと。それが、分かるんだ」

ムッちゃんは話し始めた。好意を持っている相手に触れると、相手の未来が見えること、初めてそれに気付いたときのこと。触れるのを避けていたのは、本当はそれが原因だったこと。

ムッちゃんが話を終える頃には、すっかりと日は落ちていた。まだ真っ暗になってはいなかったけれど、木々の下は薄暗く、這い上ってくる冷たい空気で、手足は冷え切っていた。

「君の未来のことも、見えるんだ」

ふと指先が温かくなった。ムッちゃんの手が私の指先を包み込んでいた。

「今も見えるの？」

当然、疑う気持ちはあった。嘘をついている……、とは言わないまでも、妙な妄想に支配されているのではないかとも思った。同時に、私の中の一部分は同じぐらいの強さで、ムッちゃんの話を信じていた。

「私はどうなるの？」

ムッちゃんは答えなかった。ただ首を振っただけだった。

「ムッちゃん？」

「ごめん。本当にごめん」

　ムッちゃんが両手で顔を覆った。

「もう一緒には、いられない。一緒にいたらダメなんだ。僕には未来は見えても、それを変えられないんだ」

　食いしばった歯の隙間から押し出すようにそう言ってムッちゃんは立ち上がり、最後にもう一度「ごめん」と言い残すと、私に背中を向けて歩き始めた。

　私は呆然《ぼうぜん》とその背中を見送った。

　待ってよ、ねえ、なにそれ。一緒にいられないって、これで終わりってこと？

　私はムッちゃんの背中を見つめて念じた。ムッちゃんが立ち止まり、こっちを振り返って、ごめんごめん、冗談だから。そう言ってくれるのを待っていた。けれど、途中で何度か足を止めたものの、ムッちゃんが振り返ることはなかった。やがて、ムッちゃんの姿は遠く、小さくなっていった。

　そうなっても、私はムッちゃんが去った方向を見続けていた。

　戻って来てよ、ムッちゃん。それで、冗談だって言ってよ。一緒にいないほうがいいなんてこと、ないよ。だって、一緒にいて、ずっと楽しかったよ。ムッちゃんは、違うの？

　それから辺りが暗闇に包まれても、私はそのベンチに座り続けた。

6

十二月になった。今年の冬の冷え込みはことのほか厳しく、どこに行くにもコートとマフラーが欠かせなかった。

寒かったのは体だけではない。心の中に、ぽかんと穴が空いたようだった。その穴の中を風が吹き抜けるたび、寂しさと虚しさがこみ上げた。

学校ではときどき立花の姿を見かけた。そういうとき、片手を上げて挨拶することもある。そうするとあちらも同じように応えてくれる。なんなら近寄って、ちょっと言葉を交わしもする。

けれど、それも二言三言の短い会話、――「元気？　忙しい？」「そうだね、そっちは？」「まあまあ」――そんな程度だ。そうして僕も立花も、それぞれやらなければならないことに戻っていく。

大学生活も、あと一年と少し。それしか残っていないということもできるし、それだけ残ってると考えることもできる。どちらにしても、限られた時間だ。その時間にも、きっと忘れられないことが増えていくのだろう。

もしかしたら、忘れたいことも増えていくのかもしれないけれど。

僕がどう感じていたとしても、淡々と日々は過ぎて行く。その日も、いつものように大学の授業を終え、バイトに入り、家に帰ったのは夜中を少し過ぎた時間だった。

玄関を開けると、リビングから物音が聞こえた。それは、かすかな「ハッピーバースデートゥーユー」のメロディだった。

最初に思ったのは、今日は誕生日だったっけ？　ということだった。でも違う。

僕は耳を澄ませた。父さんが泣いているような声も聞こえない。

少し迷って、結局いつもよりも大きめに足音を立てて廊下を進んだ。

リビングに繋がるドアを開けると、父さんが振り向いた。

「おかえり」

顔も声も、平静だった。酔っ払っているわけでもない。テーブルの上にはコップが置かれていたが、その横にあるのはペットボトルのミネラルウォーターだ。

「……ただいま」

戸惑いながら僕は答えた。

テレビの画面には、まだ若い父さんと、母さんが映っていた。

「どうしたの？」

僕が訊ねると、父さんがビデオを一時停止させた。

「座らないか」

父さんが言った。

「話があるんだ」

「ちょっと待って」

僕はそう言うと、冷蔵庫からコーラを取り出し、父さんの隣に腰を下ろした。

話がある、と言ったわりに、父さんはしばらく口を開こうとはしなかった。

「今年は、君の誕生日、一緒に祝えないよ。家を空けないといけないんだ」

ようやく父さんが言って、僕はもやもやした気分で曖昧に頷いた。

「それは別にいいけど……、出張？」

「いや。実は入院することになったんだ」

「え？　いつ？　どこが悪いの？」

「明日」

父さんはちょっと唇を歪めて、腰の辺りを叩いた。

「癌《がん》らしいんだ」

一瞬、まったく意味が分からなかった。

「はっきりしたことは開けてみないと分からないって……」

「ちょ、ちょっと！」

僕は大声で父さんの話を遮った。

血の気が引いて、頭の中が痺《しび》れたようになった。

「開けてみるって、手術？　やめてよ、へんな冗談」

「いや、冗談じゃない。どの程度かは分からないけれど、お医者さんが言うには、転移している可能性もあるらしい。少し前から調子が悪くてね、検査を受けて、分かったんだ。だから、明日家を出て病院に行ったまま、帰って来られないこともあるかもしれない。まあ、待って」

僕が口を開こうとするのを、父さんは片手を上げて押し留めた。

「言いたいことは色々あるだろうけれど、まずは聞いて欲しい。あそこの棚の引き出しの、下の段に色々な書類が入ってる。保険だとか、預金通帳だとか、このマンションの権利証だとか。すぐに必要になるものじゃないけれど、何かあったときにはそこにまとまってることを覚えておきなさい。それから、父さんが死ぬようなことがあったら、まず正広くんに連絡すること。正広くんには病気のことは伝えてある。相続のこととか葬儀のこととか力になってくれるはずだから……」

その後も父さんの話は続いた。保険に入っているから医療費の心配は要らないということや、会社も解雇にはならないこと、生活に必要なお金や引き落としに使っている銀行口座のこと。けれど、それはほとんど頭に入っては来なかった。

父さんが、死ぬ？

「君も、もう子供じゃない」

父さんが、静かに言った。

「万が一のことがあっても君の生活は変わらない。大学にも通えるし、家のローンも払い終わっているから心配はいらない。まあ、ここから三回留年したら、どうなるかは分からないけど」

「でも……」

言いかけた僕を、再び父さんが遮った。

「で、ここからが本当に話したいことなんだ」

「まだ何かあるの？」

僕はコーラを口に含んだ。そんなことをしても、落ち着くことなんてできなかった。こんなひどい話を聞かされたあとに、まだ何か、別の話が？

「もし変なことを言ってると思ったら、すぐに話を打ち切ってくれていいから。笑い飛ばしてもいいよ」

「なんなの、一体」

苛立《いらだ》ちを抑え切れなかった。その苛立ちが意味ありげな言い方をする父さんに向かっているのか、病気に向かっているのか、それとも運命と呼ばれるものに対してなのか、自分でも分からなかった。

「その……」

父さんはそこで初めて、ためらうような様子を見せた。さっきまで僕をまっすぐに見ていた目は逸らされて、静止したままのテレビの画面と僕の膝の辺りを往復している。もしかして、そんなに悪い話なのだろうか？　でも、入院して、もうこの家に帰ってこられないかもしれない、それよりもひどい話なんて、何がある？

「君にも、見えるのかい？」

一瞬、すべての時が止まったように思えた。

何が？　と訊ねる必要はなかった。それは他人には意味の分からない言葉だっただろう。けれど僕は理解できた。世界で僕だけが、父さんの言いたいことをすべて理解できた。うん、と答える必要すらなかった。

しばらく僕を見つめたあと、父さんはため息をついて、少しだけ左右に首を振った。

「そうかあ」

父さんは言った。困っているような、あきらめているような、そんな顔だった。

「……もしかして、父さんも？」

父さんは頷いた。

「うん。君はいつ気付いた?」

「中学生の頃」

父さんも、その頃だったな」

父さんはそれ以上、深くは語らなかった。僕もそれを聞きたいとは思わなかった。きっと、僕とは違う、でも同じような話があるのだろう。

「父さんの父さんも、そうだったの?」

しばらくしてから僕は訊ねた。

「未来が見えたの? これは、遺伝するの?」

「分からない」

父さんは言った。

「父親とはそういう話をしたことはなかったからね。昔かたぎというか、無口な人だった。仕事から帰ってくると家ではあまり口を開くこともなかった。息子と恋愛の話をするなんて、そんなことは考えたこともなかったかもしれないね。だから見えたとしても、確かめたことはなかったな」

父さんの両親、つまり僕にとっての祖父母は、僕がまだ幼い頃にこの世を去っていた。会ったことはあるのだろうけれど、僕にはその記憶はない。母さんと同じように。

と、そこまで考えてから、僕は大切なことに思い当たった。

「その……、母さんのことも、見えたの？」

しばらく僕を見つめていた父さんは、ため息交じりに頷いた。

「ああ。見えた」

父さんは相変わらず平静な口調だった。にもかかわらず、僕はその口調に痛みを感じた。

「僕が見た未来の知子は、ベッドに横たわっていた。顔は血の気がなくて真っ白で、やつれていて、もうダメなんだってことが分かった。どうやっても助からないんだって。でも、彼女は笑っていた。それでこっちに手を伸ばして、僕が抱いている生まれたての赤ん坊を撫でて、元気でねって言った。この子をお願いねって、そう言った」

父さんは昂《たか》ぶった気持ちを落ち着かせるように、深呼吸をしてから、話を続けた。

「知子と触れ合うたびに、それが見えた。そのうち、考えるようになったんだ。あの赤ん坊は僕と知子の子供だ。そのことには確信がある。だったら僕と知子が離れてしまえば、僕たちの間に子供ができることもない。そしたら知子も死なずに済むんじゃないかって」

二人の間の子供。それは、僕だ。

「だから、一度は別れた」

「じゃあ、なんで……」

僕の問いかけに、父さんは笑った。こんなときなのに、心の底から楽しそうな笑い方だった。

「彼女があきらめてくれなかったんだよ。嘘じゃないよ。彼女は毎日毎日、電話をして来た。学校でも、いつも僕のことを待ち伏せしていた」

父さんはそう言って、テレビの画面に目を向けた。そこでは、母さんが笑い出す一歩手前のような表情を浮かべていた。

「母さんは……、知子は明るい人だった。それに、何だか、変な人でね。だから、一緒にいるとびっくりさせられることも多かったけど、いつも楽しい気分になれた。たくさん笑わせてもらった。

彼女と結婚して、家族になりたかった。子供も欲しかった。でもそうしたら、彼女は死んでしまう。だからこのまま一緒にいるわけにはいかない。そう思った。

そんな僕に、彼女は言ってくれたんだ。未来はどうやっても変えられないの？って。

私はあなたとずっと一緒にいたい。あなたと家族になりたい。もし悪い未来を見たなら、これから変えればいいって。

大好きな人にそう言われて、それでも離れていられるかい？僕には無理だった。それで僕は……、僕たちは、一緒にいることを選んだ」

僕は言葉を失っていた。

父さんが僕と同じような経験をしていたことも驚きだった。けれど、それ以上に驚いたのは、母さんが命を賭けて僕をこの世に産んでくれたという事実だった。僕がいなければ、もっと長生きできたはずなのに。それでも、母さんは僕を産んで……。

「待って」

僕はテレビの画面を向いた。

「じゃあ、これは？」

この映像は僕が一歳の誕生日に撮影されたものだ。そこには僕一人だけでなく、母さんの姿も映っている。その姿は元気そのものだ。でも、父さんが見た未来では、母さんは僕を産んですぐに……。

「母さんはね、生き延びたんだよ」

父さんは言った。

「じゃあ、見えた未来が間違ってたってこと？　それとも、未来は変えられるってこと？　それならなんで母さんは……」

次から次へと疑問が湧いた。けれど、僕の問いに直接は答えず、父さんは、最初はね、と話を続けた。

「結婚してからも、子供は作らないようにしようって約束していたんだ。注意もしてた。でも、あるとき、母さんが妊娠していることが分かった。最初は驚いたし、落ち込んだ。どうやっても、自分が見た未来を変えることはできないんだって思った。これで、僕は愛する人を失ってしまうんだって。僕は彼女に話したよ。産んだらダメだって。だから堕《お》ろしたほうがいいって。

でも、そのとき、母さんは僕の話なんて聞こえなかったみたいに、言ったんだ。

いよいよねって。

さあ、未来を変えましょうって。

彼女は笑いながら、そう言った。どうやっても変えられないものなんて、この世にないでしょう？　って。

僕は答えられなかったよ。僕だって、変えられるものなら変えたいと思った。だからこそ注意していた。でも子供ができた。もう何をしても無駄なんじゃないか、未来は決まっていて、決して変えることなんてできないんじゃないか、そう思った」

僕は父さんの話を聞きながら思い出していた。

横たわる立花の耳に光る、青い石の嵌ったピアス。

「でもね、大好きな人にそんなことを言われたら、頑張らないわけにはいかないだろう？　今度こそなんとかしたい。いや、なんとかしなければいけない。そうしなければ、僕は知子を失ってしまう。

僕はできる限りの準備をした。たぶん、出産のトラブルで彼女は命を落としてしまう。だから何があってもいいようにって、主治医の先生にお願いした。最初の病院では、心配しすぎるなって笑われたよ。昔はお産は命がけだったけれど、今では技術も進歩してるんだからって。

でも、僕は心配しているわけじゃなかった。分かってたんだ。何が起きるかは分からないけれど、どういう結果になるのか、分かっていた。だからもっと設備の整った総合病院に移った。分娩《ぶんべん》中の事故だとか、そのあとにどんなことが起きる可能性があるのかについても一生懸命勉強した。もし緊急手術になった場合でも大丈夫なように、必要な書類には事前にサインしておいた。正広くんは知子と同じ血液型だから、無理を言って、一緒に病院で待機してもらった。それほど珍しい血液型というわけじゃないけど、輸血用の血液が足りなくなることだってある。やっぱり主治医の先生には取り越し苦労だって思われただろうけど、でも前の病院とは違って、僕が真剣だって分かってくれたんだろう。こちらの言うことをきちんと聞いてくれた。

それで君が生まれてきた。知子も生きていた。もっとも、後で聞いたら、分娩中に大きな出血が起きて大量の輸血が必要だったそうだ。でも正広くんがいてくれたおかげで、乗り越えることができた。母さんは一ヶ月ほど入院しなきゃならなかったけれど、やがては回復した」

「じゃあ、どうして母さんは……？」

それまで話を続けていた父さんが黙り込んだ。しばらく考えてから、再び口を開く。

「君が一歳になった少しあと、母さんは病院に行った。そこで腫瘍が見つかった。医者は治療を続ければ、二歳の誕生日も一緒に祝えると言ってくれた。でも、病気の進行はずっと速かった。結局、家族三人で誕生日を祝えたのは、この一度きりだった」

テレビの画面を見つめた父さんは、深いため息をついた。

「君が生まれて、やっと母さんも落ち着いて、少しの間、話ができることになって、病室に行ったときだ。僕は彼女の手を握った。そのときは何も見えなかった。だから未来は変わった、もうこれで安心だと思った。

でも、母さんと君が家に戻ってきて、三人の生活も落ち着いてしばらくした頃、また見えたんだ。母さんが病室のベッドに横になっているところが。何かの間違いだと思った。赤ん坊の姿を除けば、前に見たものとほとんど変わりないように思えたし、なによりも、一度は触れても何も見えなかった。子供が生まれて、舞い上がってもいた。だから、気のせいだろう、そう思った……、そう思いたかった。自分たちは未来を変えたんだ。切り抜けたんだ。もう安全だ、自分が見たものは間違いだ、そう信じ込もうとした。でも、何度触れても、同じようなものが見えた。だから、念のために病院に行って検査してもらったらどうだろう、そう言った。最初は母さんは笑っていたし、忙しくてそんな暇はないと言っていたけれど、最後には病院に行ってくれた。でも、そのときにはもう遅かった」

「そんな……」

「結局、母さんを救うことはできなかったよ」

父さんは僕の言葉が聞こえなかったように、言った。

「でもね、もし母さんが病気を克服していたとしても、いつかは旅立つ日が来ただろう。それがずっと先だったとしても。それは必ず、誰の身にも訪れることだ。父さんだって、いつかは死ぬ。

君が何を見たにしても、重要なのはそこじゃない。

あの子は、君にとって大切な存在なんだろう？　だったら、全力を尽くすんだ。未来を変えても、その先にはいつか別の死が待っている。それは決まっていることだ。それでも、あきらめちゃいけない。もし本当に彼女が大切なら、あきらめずに、立ち向かうんだ。何度でも、何度でも立ち向かいなさい。ひとりではなく、ふたりで」

その夜、立花に電話をした。電話を掛けるのは、ずいぶん久しぶりのような気がした。

「ムッちゃん？」

「ごめん、遅くに。寝てた？」

「起きてた。インターンの面接で、提出する書類書いてた」

「会えないかな、明日」

「明日は、インターンの面接があって、長くなりそうなんだ。そのあとも用事が……」

「会いたいんだ」

しばらくの沈黙のあと、返事が返ってきた。

「分かった。じゃあ明日。ムッちゃんに、意見も聞きたいし」

「意見？」

「明日、話す」

僕たちは待ち合わせの時間と場所を決めて、電話を切った。

切れた電話を見つめて、考えた。

どうすれば、立花を救えるのだろう。

あのピアスをプレゼントしたとき、これで未来の出来事を防げるかもしれないと思った。けれど、そうではなかった。何をしても、未来はそれに合わせて形を変えてしまうだろう。

じゃあ、どうすれば未来を変えられる？

僕は何度も見た、未来の映像を思い返した。立花の横顔を照らす車のライト、ショートカットの髪型、白いコート。そして倒れた彼女の後ろに広がる真っ赤な血。

ずっと彼女に付きっ切りでいれば、事故は防げるのだろうか？　もしかしたらそうかもしれない。彼女が外に出るたび一緒に付き添えば、彼女を守れるのかもしれない。けれど、いつそれが起きるのかは分からない。これから二十四時間三百六十五日、立花と一緒に行動するなんて、そんなことは無理だ。

じゃあ、あきらめる？

それはできない。

父さんは未来を変えた。僕が生まれるときに死ぬはずだった母さんを救った。

次は、僕の番だ。


立花との約束は夜の九時、場所は駅前の喫茶店だった。それまでの時間、僕は父さんの入院の準備や付き添いをして過ごした。父さんは「一人でやれるから」と渋い顔をしたが、引き下がるつもりはなかった。

「父さんには任せてられないよ」

そう言いながら、僕は父さん愛用の旅行鞄に荷物を詰めていった。下着、パジャマ、タオル、ペン、ちょっとしたメモといったこまごまとした品々。もちろん、父さんひとりで支度ができないと思ったわけではない。

それは父さんのためではなく、自分のためだった。父さんのために、自分の手で何かをしたかった。僕がきちんと荷物をまとめれば、また父さんはこの家に帰って来る。僕はそう信じようとした。

「なんだか、知子に似てきたなあ」

所在なげに座っていた父さんが、ぽつりと言った。

「そう?」

毎年、母さんの顔はビデオで見ているけれど、そんなふうに思ったことは一度もなかった。

「うん。見た目もだけど、ちょっとした仕草とかがね。不思議だね。一緒に暮らした時間は短くても、凛太郎の中には、あの人がいるんだね」

「まあ、親子だから」

やがて、昼を過ぎた頃、正広おじさんもやって来た。

「準備、できた?」

おじさんは車のキーを指に引っ掛けてくるくる回しながら、言った。

「まだなら手伝うよ。昼は食べた? 食べてないんだったら、病院に行く途中にどっかに寄ろう」

「なんだよ、正広くんまで」

父さんが顔をしかめる。

「仕事はどうしたの」

「ちょっと抜けてきた。病院まで車で送るよ」

「だから、大げさなんだって。電車で行けるから」

父さんはぶつぶつ言っていたけれど、僕たちはそれに構わず二人で荷物を運んだ。家を出るときの父さんに、いつもと違う様子はなかった。ただ、いつもよりもほんの少しだけ長く、仏壇の前で手を合わせていた。

病院に着いても、僕とおじさんはあれこれと父さんの世話を焼こうとして、父さんには「もういいから、帰りなさいよ」と言われ、看護師さんには「仲のいいご家族なんですね」と笑われた。

「明日からいくつか検査をして頂きます。その結果を見て、手術の日程を決めていきましょう」

最後に病室に現れたお医者さんはそう言って、僕とおじさんは同じタイミングで「よろしくお願いします」と頭を下げた。

結局、「また来るから」と病室を後にしたのは、面会時間の終わるぎりぎりだった。

「ちょっと、お茶でも飲んでいかないか」

病室を出ると、おじさんが言った。さっきまで笑顔を絶やさず明るく振る舞っていたおじさんは、病室のドアが閉まったとたん、急に歳を取ったように見えた。

病院の喫茶スペースは上層階にあって、窓が大きく、開放的で、明るい雰囲気だった。

「大丈夫か？」

席に着くと、おじさんが言った。

「困ったことや、不安なことがあったら、なんでも相談するんだぞ？」

「分かった」

僕は頷いた。

「心配はいらないよ」

おじさんは言った。

「医療の技術はずっと発展しているし、なによりも、あの人は見た目よりもずっと強い人だから」

僕にというよりも、自分自身に言い聞かせるような口調だった。

「ずいぶん仲がいいよね。父さんとおじさんは」

僕は言った。

「義理の兄弟って、そういうものなの？」

「どうだろうなあ、ほかには知らないから良く分からないけど」

おじさんの顔が少しだけ柔らかくなった。

「でも、初めて会う前から、義兄さんのことは好きだったよ」

「会う前？　どういうこと？」

「姉ちゃんから、色々話を聞いててね。それで、会う前から親近感を持ってた」

おじさんは、昔のことを思い出したように、小さく笑った。

「不思議なものだよ。それまで知らなかった誰かと誰かが出会って友達になったり、恋人になったり、義理の兄弟になったりするのは。もしかしたら、一生お互いの存在も知らなかったかもしれない。それなのに、出会って、話をして、仲良くなって。それで、一緒に時間を過ごしたりして、たくさんの思い出を作って。俺は二回も離婚しているから、偉そうなことは全然言えないけど、でも結婚しなければよかった、出会わなければよかったと思ったことは一度もないんだ。相手を傷つけたし、自分も傷ついたけど、出会ったから今の自分があるし、出会ったことには意味があるって思えるよ。言ってること、分かるかな？」

僕は素直に頷いた。

そう言うと、おじさんは窓の外に目を向けた。冬の太陽はあっという間に落ちかかって、すでに空の上のほうには星が瞬いていた。

「なあ、凛太郎。義兄さんは大丈夫だよ。きっと、空の上から姉ちゃんが、力をくれるはずだ。そうでなきゃ、おかしいよ」

仕事に戻るというおじさんと別れて、僕は一度、家に戻った。

部屋の中は真っ暗だった。当たり前だ。この家には、今は僕以外には誰もいないのだから。

それでも僕はしばらく、暗闇と静寂の中で立ち尽くした。

無人の家に帰ってきたことがないわけじゃない。けれど、今のこの静けさは堪えた。この先しばらく、僕はこんなふうに物音ひとつない家に帰って来る。もしかしたら、ずっと。

電気をつけて玄関を上がり、リビングのソファに腰を下ろした。

疲れがどっと押し寄せて、いつもよりも体が重くなったような気がした。

僕は首を振った。落ち込んだり悲しんだりしている場合ではない。

そう思っても、立ち上がる気力がなかった。

しばらくぼんやりしていた僕は、いつの間にか自分の目が、テレビ台の下に並んでいるDVDを見ているのに気付いた。吸い寄せられるようにそこに近づいて、中から一枚を選ぶ。ケースを開けてデッキに入れる。

テレビの画面が一度暗くなる。次に明るくなったときには、不安定に揺れる画面の中に、母さんと、その腕に抱かれる僕の姿が現れた。

『今日は凛太郎の一歳の誕生日でーす！』

父さんの明るい声。カメラが僕に近づく。

『静かにしてよ、寝たばっかりなんだから』

母さんが言う。小さいけれど、元気な声。この日から、一年も経たない間にいなくなってしまうなんて。

『誕生日、三人で祝えたね』

『そうだね。ねえ、この子は、どんな大人になるのかな？』

『いつか結婚して、子供ができたら、私たちはおばあちゃん、おじいちゃんって言われるんだよ』

『すごいね、この小さな子供が大人になって、いつかは親になるかもしれないなんて』

画面の中では幸せな家族の時間が続いて行く。今ではもう去ってしまった幸せな時間。二度と戻らない時間。

僕はこの時間を覚えていない。母さんに抱かれていたことも、父さんがそっと僕の頬をつついたことも、一本だけのロウソクの明かりも、部屋に満ちていただろう、優しく穏やかな空気のことも。

けれど、その時間は確かにあった。父さんはしっかりと覚えているだろう。頭が覚えていなくても、僕の体や心のどこかにはその記憶が残っているのだろうか？

父さんは、本当は僕が生まれたときに死ぬはずだった母さんを救った。未来を変えた。そのことを母さんは信じただろうか？　ただの幸運だと思っただろうか。それとも父さんの話はやっぱり本当ではなかったと思っただろうか？

もし父さんが何も話さなかったとしても、結果は同じだっただろうか？

母さんには何も話さず、それでも出産のときに何が起きてもいいような準備をしていたら。

それでも母さんは助かっただろうか？

そうは思えなかった。

父さんは言っていた。

何度でも、何度でも立ち向かえ、と。ひとりではなく、ふたりで、と。

その言葉の意味が少しだけ分かったような気がした。

待ち合わせの喫茶店に到着したのは、約束の時間よりもずいぶん前だった。

店に入り、一通り周囲を見回す。立花は、約束の時間よりも早く来るのが常だった。けれど、まだ彼女の姿はない。

僕は窓際の、店の入り口と前の道路がよく見える席に腰を下ろして、温かい紅茶を注文した。

運ばれてきた紅茶に口をつけると、店の入り口に目を向け、しばらくドアを眺めて、また紅茶を飲む。それを何度か繰り返して、肩に力が入っている自分に気付く。

ちょっと落ち着いたほうがいい。

そう思いながらポケットからスマホを取り出した。

ロックを解除した瞬間、思わず舌打ちが出た。充電が十パーセントを切っている。いい加減にこの癖は直さないと。これからは入院中の父さんや病院からも連絡があるかもしれない。今日こそ、本当に充電できるものを買って帰ろう。買ったら買ったで今度はそれを持ち歩くのを忘れそうな気もするけれど、何もしないよりもましだ。

改めて時間を確かめると、ちょうどデジタルの表示が「21：00」に変わるところだった。

店の入り口に目を向けて、そのまましばらく待った。けれどドアが開く様子はない。

立花が約束の時間に遅刻してくるなんて珍しい。前に待ち合わせの時間に遅れてきたのは……、そうだ。今年の春、桜を見に行ったときだ。

あれから一年も経っていないのに、もうずいぶん前の出来事のような気がする。

そう思ったとき、ひとつ向こうのテーブルにいたカップルが窓の外を指差して
「あ!」と声を上げた。

釣られて、窓の外に視線を向ける。

雪が舞っていた。

最初は大粒の雪がいくつかひらひらと落ち掛かっていただけだったのが、しばらくすると少しずつ数を増し、やがて音がしそうなほどの勢いで、窓の外の夜の世界を覆い始める。

僕は呆気《あっけ》に取られて、その景色を眺めた。

十二月に雪が降るなんて、いつ以来だろう。

雪は輝いていた。ネオンや信号の光を受けて、落ちていく光が白からピンク、ピンクから赤へと変わる。

散っていく花びらみたいだ。

立花と一緒に見た、桜の花吹雪が重なった。暗闇の中で渦を巻く無数の花びら。

それがさらに別の記憶を呼び覚ます。去年の大晦日の打ち上げ花火。そのすぐ後に、僕は立花とキスをした。そして、立花の未来を見た。

舞い散る雪、花吹雪、花火。赤。

仰向けになった立花の首の後ろに広がっていく血溜まり。

鮮やかな、赤。

僕は動けなくなった。

そうだ。

ようやく分かった。

なぜ血溜まりの赤が、あんなにも鮮烈に見えたのか。なぜ立花が輝いているように見えたのか。

背景が白かったからだ。アスファルトでも、むき出しの地面でもない、白。だからこそ血は黒ではなく、不吉なほど鮮やかな赤に見えた。

立花が事故に遭うのは、こんなふうに雪が降り、それが地面を白く染める日だ。

心臓の鼓動が速くなる。

「すごい降ってきたね」

「積もるかも」

口を開けて窓の外を見つめるカップルの声が耳に入ったときだった。

テーブルの上に置きっぱなしにしていたスマホが振動した。

メッセージが届いていた。立花だ。

――雪で電車が遅れてるからもう少し掛かる。

「了解」とだけ返信して、落ち着け、と自分に言い聞かせる。

立花の身に何か起こるとしても、それはまだ先のことだ。確かに現実の雪はもう、アスファルトを白く覆い始めているだろう。けれど、倒れた立花を受け止めるのは、また別の雪だ。だって立花の髪はまだ長く、コートもいつもの……。

再びスマホが震えた。

立花からの新しいメッセージ。

――どう思う？

そこには画像が添えてあった。

白いコートを着て、髪を短く切った立花の姿。

次の瞬間、ぶつんと画面が黒くなった。

僕は黒い画面に映る自分の顔を見つめた。

単に充電が切れただけだ。立花が消えたわけじゃない。そう言い聞かせても、胸の鼓動は静まらなかった。

画像を見たのはたった一瞬だったから、見間違いかもしれない。けれど、そうでないことは分かっていた。

立花は、今日はインターンのための面接があると言っていた。もしかすると、そのために髪型を変えて、明るい色のコートを買い求めたのかもしれない。昨日の電話で意見を聞きたいと言っていたのは、もしかすると髪型や、コートのことだったのだろうか。

とにかく、連絡を取らないと。

僕は立ち上がり、店員に訊ねた。

「すみません、充電器を貸してもらえませんか？　大事な用事があるんですけど、充電が切れてしまって」

「申し訳ありません、そういうサービスはやってないんです」

店員はそう答えただけだった。けれど、僕があまりに深刻な顔をしていたせいか、こうも付け足してくれた。

「少し行ったところに家電量販店がありますよ」

その店のことなら知っていた。確かに、そこなら充電器を買えるだろうし、充電もさせてくれるかもしれない。けれど、今ここを動くわけにはいかない。立花と入れ違いになってしまう可能性がある。普段ならそれでも構わない。充電してから、電話なりメールなりで、改めて別の待ち合わせの場所を決めればいい。

でも、そんなことをしている間に立花が事故に遭ったら？

お金を払い、店を出た。じっとしてはいられなかった。駅は横断歩道を渡って目の前だ。立花は駅を出たら、すぐにこちらに歩いてくるだろう。

店の前には、すでにかなりの雪が積もっていた。駅へと続く横断歩道の白線も、雪と紛れて区別がつかない。

あの横断歩道を渡らせてはいけない。

駅に向かって駆け出そうとした。

足が何かに引っかかった。雪の中に隠れていた段差だ、と思ったときにはもう遅かった。スニーカーの底が滑る。伸ばそうとした手の袖口が植え込みの枝に引っかかり、体が妙な具合にねじれた。

あっという間に、僕の体はアスファルトに転がっていた。周囲の人がこちらに視線を向けたが、恥ずかしいとも思わなかった。

呼吸を整えてしっかり立とうとして足を踏みしめたとき、足首に強い痛みが走った。一瞬、息が詰まって、目の前が真っ白になる。

悪寒を感じた。

立花に青いピアスをプレゼントしたときと、同じ感覚だった。

何をしても未来は変わらない。すでに決定した出来事に向かって、ただ突き進んでいく。もし途中で手を突っ込んでも、未来はそれをすり抜けて、巧妙に形を変えていく。

僕はもう一度、息を整えた。

変えられないはずはない。僕はもう、未来を変えた人を知っている。

足を地面に下ろして、軽く体重を掛けてみた。相変わらず痛みは強かったが、立てないほどではない。ゆっくりなら歩くのにも支障はなさそうだ。もしかしたら頭を打って、意識を失くしていたかもしれない。それに比べればよほどましだ。

足を引きずりながら、歩道の端まで辿り着く。そして車道の向こう側に目を向けたときだった。

駅の出口から大勢の人が出てくるのが見えた。電車が到着したのだろう。雪でダイヤが乱れているせいか、人の数は多かった。駅の照明が逆光になっていたために、ひとりひとりの顔は判別できない。

それでも、すぐに分かった。

相手もそうだったのだろう。僕を見つけると、その手が伸びて左右に振られる。

一瞬、立花がそのまま駆け出してくるのではないかと心臓が冷たくなった。が、彼女はそんな不注意な人間ではなかった。横断歩道が赤信号だということを確かめると、歩道と車道の境目で足を止めた。

彼女はまっすぐこちらを向いて、かすかな、僕だけに分かる笑みを浮かべていた。

僕が何度も、未来の映像の中で見た笑顔。

もう少ししたら、それが凍りつく。

「動くな！」

僕は叫んだ。車の音やクラクションにかき消されて、立花に届いたかどうかは分からない。もう一度叫ぼうとしたとき、左のほうから、鈍い音が聞こえた。何か重いもの同士がぶつかったような音。そして悲鳴。

雪で滑ったらしい車が歩道に乗り上げて、電柱に激突していた。だが、車は止まったわけではなかった。なぜかアクセルを踏み続けているのか、その場でタイヤがぎゅるぎゅると音を立てて、猛スピードで回転していた。車体がしゃっくりをしたように一度飛び上がると、今度はいきなりバックを始めて、後ろの車に突っ込む。そうして無理にこじ開けたスペースに向けて前進を始めた。

「なにやってんだよ！」「危ない！」「逃げろ！」

いくつもの声が聞こえた。

驚いたように立花が光の方を向く。一歩下がろうとする。けれどもう後ろには多くの人がいて、それ以上、下がることができない。

信号が変わる。まだ異常に気付いていない後ろの人たちが動き始めて、立花の体が前に押し出される。

僕は痛む足を引きずりながら、横断歩道に飛び出した。

クラクションが鳴る。その音に引き戻されたように立花がこちらを向く。光は先ほどまでよりも強くなり、彼女の顔を白く染める。

「ムッちゃん、危ない！」

立花が声を上げた。

それは僕が見た未来の景色とは少しだけ異なるものだった。

立花はこんなふうに声を上げたりはしていなかった。ただ呆然とライトに照らされていただけだった。

この瞬間、確かに僕は未来を変えた。

でもこんなことだけでは足りない。足りるはずがない。立花の命を救わなければ、意味がない。

目を向けなくても、暴走する車がすぐ近くまで来ているのが分かった。

僕は立花だけを見ていた。白く輝くような姿。立花も僕だけを見ていた。

地面を蹴った。足首に激痛が走る。思うように前に飛べない。

ヘッドライトの光がさらに近づき、強くなる。

間に合わない……！

そう思ったとき、視界が暗転した。

痛みは断続的にやって来た。体の奥が、よじれるように激しく痛む。

でも、それは当たり前のことだ。

おかしなことじゃない。

そう思おうとするけれど、でも痛みが収まり、再び始まるたびに、不安がこみ上げる。

こんなに痛くて、大丈夫なの？　もしかして、本当にこのまま死んじゃうんじゃないの？

痛みと苦しみから気を逸らすために、私はあれこれと、色んなことを思い出してみる。

たとえば、ムッちゃんに告白したときのことなんかを。

あのときのムッちゃんの驚いた顔。

自分がやってしまったことに恥ずかしさは感じるけれど、あの顔を見られたのだから、恥ずかしいぐらいどうということはない。

それにしても、なんであんなことができたんだろう？

あれは冬だった。

私はムッちゃんを誘って、海が見える、芝生の広がる丘に出かけた。

そこで、私は海に向かって「ムッちゃん、付き合って！」と叫んだ。

今となっては、自分がいつムッちゃんのことを好きになったのか思い出せないのと同じように、なんであんな変なことをしたのかも思い出せない。どうして私はいつも、やることなすこと、素っ頓狂なのだろう。

でも、それはとってもいい思い出だ。

それからしばらくして、ムッちゃんに「自分も同じ気持ちだ」と言ってもらったとき以上に、素敵な思い出。

だから、私たちが公園と思いこんでいた場所が墓地だと分かっても、ちっとも嫌な気持ちにはならなかった。

「こういうところなら、ゆっくりできそう」「死んだあとは、ここに二人でいられたらいいね」、そんなことを言い合ったのはずいぶん後になってからだ。

あるいは、サンタの格好をしてチョコを渡したバレンタインのこと、無理やりムッちゃんをラブホテルに誘ったときのこと。部屋で一緒にビデオを見たこと、ご飯を食べたこと、公園でデートしたこと。ムッちゃんとの、たくさんの思い出。

そうそう。結婚式のことも忘れ難い。

私も、私の家族も泣いていたけれど、一番泣いていたのはムッちゃんだった。控え室でドレス姿の私を見たときにはもう目が真っ赤で、そのあとバージンロードの先で私を待っていたときには涙が止まらなくなっていて、隣を歩く父が「彼は大丈夫か？」と囁いて、親族席にいた弟の正広は笑いを堪えるのに苦労していた。そのわりにムッちゃんは、式の段取りをひとつも間違えなかった。すごい。

ムッちゃんから別れを告げられたときのことも、忘れられない。

「二人に子供が出来て、その出産のとき、君は死んでしまう。だから一緒にはいられない。一緒にいるべきじゃない」

別れたくないと何度も電話した私に、ムッちゃんはそんな話をした。

今、私はそれを信じているのだろうか？　本当に、私は子供を産み、そして死んでしまうのだろうか？

でも、ムッちゃんはこうも言ってくれた。

「僕が君を助ける」と。

「これから毎年一緒に、子供の誕生日を祝うんだ。ずっとずっと、家族で一緒に」

私は、ムッちゃんの言葉を信じる。私は自分が信じられる言葉を話す人と、一緒に生きていたい。大切なのはそれだけ。それさえあれば、大丈夫。

治まっていた陣痛の痛みがまた蘇る。

いてて、と顔をしかめながら、考える。みんながこんな痛みに耐えているなんて信じられない。しかもたぶん、まだ序の口。

子供の名前は、男の子だと分かったときにもう決めていた。凛太郎。凛として生きて欲しいから。「それだと紛らわしくなっちゃわないかなあ。僕、眞太郎だし」とムッちゃんは言っていたけれど、まんざらでもない様子だった。

「僕は子供の頃から、ずっとムッちゃんて呼ばれてたんだよね。この子も、そうなるかな？」

それは分からない。これから自分がどうなるか分からないように。

死んでしまうかもしれない、そう思っても、不思議なほどに怖さはない。

なぜだろう？

やっぱり未来が見えるなんて信じていないから？　ムッちゃんが助けてくれると言ったから？　未来は変えられると思っているから？

それとも、人間はいつかは死んでしまうと知っているから？

生き物は生まれた瞬間から、死に近づいている。その瞬間に向かって進んでいく。

それは決まっていることだ。違うのは、早いか遅いか。ただそれだけ。

それに、死ぬことは怖いことじゃない。

死に際に会えなかったけれど、おばあちゃんは安らかに、眠るように死んだという。

ムツもそうだった。思い返してみれば、ムツもそうだった。

ムツが死んだのは、私が高校生のときだった。もうずいぶん歳を取っていて、食べる量も少なくなって、動きもゆっくりになっていたけれど、時には昔のように散歩をせがんで鼻を鳴らしたりしていたから、まだまだ長生きするものだと思っていた。でもある朝、犬小屋をのぞくと、もうムツは動かなくなっていた。

本当に眠っているみたいだった。弟が「死んでない。寝てるだけだ」と言ったのも納得できる、穏やかな顔だった。今にも目を開けて、あの情けない声で鳴いてくれそうだった。

私たちは泣いたけれど、ムツらしい穏やかな最期に納得もしたものだ。

死ぬことは怖くはない。ただ眠るようなものだ。もし死んでしまうと考えても、誰かが自分のことをずっと覚えていてくれるのなら、怖くも、寂しくも……。

嘘だ。

死ぬのは怖い。寂しい。

ムッちゃんとこの子を置いて行ってしまうなんて。この子が少しずつ、大きくなっていくところを見られないなんて。この子のぬくもりを、感じられなくなるなんて。

小学校の運動会で一生懸命に走る姿、反抗期の中学生になって「うるせえ、ばばあ」とか、月並みなことを言うところ、高校生か大学生になって初めて家に彼女を連れて来るときの顔、ときどき、ムッちゃんと二人で「あの子も大きくなって」なんて話したりする、たぶんそのときにもムッちゃんが見せるだろう泣き顔。

そのどれもが見られないなんて。

「死にたくないよ」

私は呟く。そして祈る。

神様。

どうか、神様。

生き物がずっと生きていられないのは知っています。いつか死んでしまうことも知っています。

でも、お願い。お願いだから、ほんの少し、時間をください。この子と、ムッちゃんと、一緒に過ごせる時間をください。私たち三人が家族になるための時間を、二人を愛するための時間をください。

それでも、もし二人を置いていかなければならないのなら、少しだけでいいから、力をください。

この子が困ったり、悲しんだり、迷ったりしたときに、そっと背中を押してあげられる力を。

収まっていた痛みが、再び蘇る。

これが神様の返事なのだろうかと考える余裕もなく、私はぎゅっと目を閉じる。

痛い。

でも、この痛みは、生きているっていうこと。この子が、この世界に生まれようとしている証《あかし》。

ゆっくりと息を吸い、吐く。

ねえ、君。

君は、どんな人生を歩くの？　どんな人とめぐり合うの？　どんな未来を作るの？

お願いだから、本当に頼むから、幸せになってよね？　親をこんな痛い目に遭わせておいて、幸せにならなかったら承知しないよ？

「知子！　タクシーが来たよ！」

ドアを開けたムッちゃんが言う。

「大丈夫？　立てる？」

私も青い顔をしているだろうけど、ムッちゃんはそれ以上だ。

「大丈夫じゃないよ！　痛いよ‼」

私は思い切り八つ当たりをする。

「そ、そうだよね、ごめん」

ムッちゃんがおろおろと謝って、私はしかめ面のまま、笑ってしまう。

「今からね、生まれるんだよ」

私を抱き上げようとするムッちゃんの耳元で、囁く。

「そうだね、僕たちの子供が生まれるね」

ムッちゃんが当たり前のことを言って、私はまた笑う。

もちろん、これから生まれるのは私たちの子供。

でも知ってる？　それだけじゃないんだよ？

生まれるのは、新しい未来。

どんなふうにでも形を変えられる、あらゆる瞬間を形作る、そして少しずつ、また新しい世界を生んでいく、未来。

そりゃ、痛いはずだよ。そんな大きなものを産もうとしてるんだから。

でも、だったら命をかける価値はあるよね、ムッちゃん？

7

真っ白な世界。

白は清潔の象徴とは言うけれど、でも実際に清潔なだけの場所は気が滅入《めい》る。

だから病室のドアが開いて、真っ白な世界に別の色彩が生まれると、自分がやっと本来の場所と繋がった気がして、ほっとする。

「こんにちは」

検温をしていた看護師さんがドアのほうを向いて、言った。

「大丈夫、順調に回復してますよ」

そう言うと、看護師さんは僕を見て「毎日お見舞いなんて、愛されてるね」と囁き、にやりと笑った。

「じゃあ、ごゆっくり」

看護師さんが出て行くと、片手に紙袋を持った立花が首を傾げた。

「今、何か言ってなかった？」

「毎日来てくれるなんて、愛されてるね、って」

立花の顔が赤くなる。

「毎日来るのは、当たり前でしょ！　命の恩人なんだから。そりゃもちろん……」

「もちろん？」

「なんでもない！　花瓶の水、替えてくる！」

立花はそそくさと花瓶を持って病室を出て行った。

僕は満ち足りた気持ちで、彼女の後ろ姿を見送った。

あのときのことは、ほとんど記憶にない。痛めた足で飛び出して、僕は暴走する車の前から立花を突き飛ばした、らしい。そのとき誰かに後ろから押されたように、ふっと体が軽くなったような気もするけれど、それも曖昧で、はっきり思い出すことはできない。

覚えていないことなど大した問題じゃない。

僕がほんの一瞬でも、立花を突き飛ばすのが遅れていたら。

もしそうなっていたら、僕は正気を保てていただろうか？

僕自身は車に撥《は》ね飛ばされて腕の骨にひびが入り、無理をして走ったせいで足の腱《けん》も断裂。さらに吹っ飛ばされたときにアスファルトで頭と胸を打っていたから、大事をとって入院する羽目になったけれど、それでよかったと思う。心の底からそう思う。

立花を失わずに済んだのだから。

ここ数日、何度もあの瞬間の夢を見た。僕の手が届かず、命を落とす立花の姿。目を覚ましたあとも、どちらが真実なのか分からず恐怖に震えた。きっとこれからも同じような夢を、何度も見ることだろう。

「洗濯物、ある？」

病室に戻ってきた立花が言った。

「ない。昨日、洗ってくれたばっかりだよ」

「でも、一日経ったし。なんでも遠慮しないで言って」

「じゃあ、そこに座ってて。それだけでいいよ」

立花は眉の間に皺を寄せて、険しい顔になってから、大人しく僕の枕元に腰を下ろした。

「さっき、お父さんのところにも寄ってきた」

僕が運び込まれたのは父さんと同じ病院で、知らせを聞いた父さんは目覚めた僕に「一体、どういうことなんだ」と呆れた顔になっていた。「僕よりも重傷じゃないか」、と。

検査の結果、がん細胞は父さんの体のいくつかの場所に転移していることが分かった。それを教えてくれた父さんは落ち着いていた。「さて、今度は僕が頑張る番か」

と笑っていた。

「毎日来てくれなくていいんだよ」

僕は立花に言った。

「インターンも大学も忙しいだろうし……」

「私が来たいだけだから」

立花はいつもの顔で、そう言った。

「分かった。でも無理はしないで」

自由になるほうの腕を伸ばして、立花の手を握った。お馴染みの小さな痛みがあった。けれど見えたのはぼんやりかすんだ煙のようなものだけだ。

「話したいことがあるんだ」

僕は言った。

立花には、伝えないといけない。伝えておきたい。

僕には、未来が見えるということを。

でもなんと言ったらいいのだろう?

体を起こして座ろうとした。その背中に、立花が手を添えてくれる。柔らかいけれど、しっかり僕の体を支えてくれる力強い手。

その感触に、何かを思い出しそうになった。

優しくて温かい。遠い昔に味わった懐かしさ。安らげるような、でも泣いてしまいそうな何か。

なんだろう？

「どうかした？」

立花の声に僕は我に返った。

心か体のどこからか湧き上がってきたものは、現れたときと同じように、ふっと消えてしまった。

「立花の手が温かくて」

「そうかな？」

立花は不思議そうに自分の手のひらを眺めた。

「それで、話したいことって？」

もし、と僕は言った。

「未来が分かるとしたら、知りたい？」

「未来？」

「そう。これから起きること」

しばらく考えてから、立花は答えた。

「知りたくないかな」

「どうして？」

「だって何が起きるのかなんて分かったら、つまらないし。もしそれが望む未来ならうれしい。でも、夢とか希望が叶《かな》うって分かったら、頑張らなくなるかもしれないし、もし望まない未来だって分かっても、なんとかしようと思って、頑張るだけだし。結局、一緒だから」

立花らしい答えだと思った。

でも、僕には未来が見えるんだ。どちらかというと、望まない未来が。

そして口を開こうとしたとき、再び背中にぬくもりを感じた。とん、と誰かに背中を押されたような気がした。

気が付けば、口から出ていたのは、考えていたのとはまったく別の言葉だった。

「結婚しよう」

立花の目がこれ以上ないというぐらいに大きくなった。白い頬が少しずつピンクに、それから真っ赤に染まる。

「え、え、え？」

「い、いや、その」

僕自身、驚きでしどろもどろになっていた。

どうして突然、そんなことを言ってしまったんだろう？　確かに立花のことは好きだし、ずっと一緒にいたいと思っているけれど、今、この瞬間に、「結婚」なんて言うつもりは少しもなかったのに。いくらなんでも素っ頓狂で、突拍子がなさ過ぎる。

「ど、どういうこと？　わ、私と？」

「ええと、そう、そうなんだけど」

僕たちは二人とも真っ赤になって、おたおたと無意味な言葉を繰り返した。ふと、どこか遠くで軽やかに笑う女の人の声が聞こえたような気がした。

「なんで、今そんなこと言うの、急に！」

目の前の立花は、真っ赤な顔を両手で押さえて、僕を見たり、俯いたり、かと思えば天井を仰いだりを繰り返している。

それを見ているうちに、温かい感情がこみ上げてきた。

僕は片手で自分の顔を触った。もちろんウェディングドレスを着た立花の姿なんて見えない。見えない未来を、想像した。

立花と結婚する未来。二人で家族になって一緒に生活する。毎日食卓を囲み、一緒に眠り、目覚める。楽しいことばかりじゃないだろう。ケンカだってする。むっとしたり、何日も口をきかなかったり。そして仲直りをしたり。もしかしたら、新しい家族ができるかもしれない。

そうやって、日々を送る。幸せなときもあれば、そうじゃないときもあるだろう。

そんな毎日を、立花と一緒に過ごす。別れのときまで。

「もちろん今すぐじゃなくて」

僕は言った。

「大学を卒業して、就職して、その仕事にも慣れて、少し落ち着いたら。どうかな。あの……、嫌じゃなければ」

「い、嫌なんて、そんなわけないけど、え、あの、その」

僕はそっと立花の手を握った。先ほどと同じように、はっきりとしたものは何も見えない。

僕たちの未来はまだ決まっていない。きっと僕たちの仕草や言葉で、新しい未来が少しずつ形作られている途中なのだろう。

「……はい」

立花が聞き取れないぐらいに、小さな声で返事をした。

「結婚したい。しよう」

僕は片腕だけで立花を抱き寄せた。頬に当たる髪がくすぐったい。それは幸福の感覚だ。

それを確かめながら、思った。

僕たちは、いつまで一緒にいることができるだろう？

母さんと別れたように、いつかは父さんと別れる日が来る。もちろん、立花とも、別れるときは必ずやってくる。

体を離して、立花を見つめる。立花は耳まで真っ赤になって俯いている。

これから僕はまた、彼女との未来を、別れのときを見ることがあるのだろうか。それは一体、どんな光景なのだろう。

病気か事故か、どのような形なのかは分からないけれど、突然に彼女を失うことになるのだろうか。あるいは、ありふれた男女の物語と同じように、ちっともドラマチックではない、あっけない終わりが訪れるのだろうか。

それとも……。

それとも、何年も先、今よりもずっとずっと年を取った彼女が、これから旅立とうとする僕を見送る。そんな未来を見ることもあるのだろうか？

それから二人は、ずっと幸せに暮らしました。めでたしめでたし。

そんなことはあり得ない。結婚すれば幸せになれるわけじゃない。愛し合っていればいるほど、別れの悲しみは深くなる。

それでも、僕たちは生きていく。前に向かって歩いていく。

ときには誰かが自分たちのことを見守ってくれていると信じながら、色々なことがあったけれど、二人は幸せに暮らしました、めでたしめでたし、そうやって物語が終わるようにと、祈りながら、願いながら、進んでいく。

未来がどんなふうになるかは分からない。

一緒にいる時間が長いのか、短いのかも分からない。けれど、僕は君と過ごす。父さんや母さん、その前からずっと繋がってきたものとも一緒に。今まで出会った人たち、まだ出会っていない誰かとも一緒に。そしてこれから生まれるかもしれない新しい命と一緒に。

新しい、未来を生んでいく。

解説

本間　悠

水沢秋生さんとの出会いは、2019年5月に開催された「本にかかわる人の交流会@博多」に遡る。

ミステリー作家・佐藤青南さんが幹事を務め、本にかかわる人なら誰でも参加OKという懐の広い集まりだ。会場には作家さんや漫画家さんをはじめ、出版社さんや取次さん、そして私のような書店員など、五十名ほどが参加していたと記憶している。このような交流会は地方で開催されること自体が珍しい。

水沢さんにご挨拶したのはその席だ。私は2018年に発売された『あの日、あの時、あの場所から』を読んでいたので、あぁあの水沢さん！　とすぐにピンときた。水沢さんの風貌は本のイメージそのままだった。『あの日、あの時、あの場所から』は、〝35歳以上のための〟と銘打たれた恋愛小説だ。1990年に高校一年生の主人公・歩《あゆむ》を取り囲むものは、当時小学五年生だった私も見知った懐かしいものばかりで、その情景を難なく思い浮かべることが出来た。1974年生まれの水沢さんはまさに歩と同じ年。だからこそ時勢の描写はとてもリアルで、水沢さん自身も歩のような学生だったのかと思わせる。

作品を彩る映画や音楽、ふいに交わされる会話などが、あえて一言で言うならばとても〝お洒落〟で、このお話を書いた水沢さんもきっとお洒落で文化的でスマートな方だろうなと勝手に想像をたくましくしていた。

これまでに何人かの作家さんとお会いして、作品通りの方だと思うことも、この方があの作品を書かれたのか⁉　と驚くようなこともあったが、前述のとおり水沢さんは、私の妄想を裏切らないお洒落で文化的でスマートな方だった。中折れ帽に少し個性的なデザインの眼鏡を合わせ、普段どんなお店でお洋服を買われるんですかと思わず聞きたくなるような、こだわりを感じさせるファッションに身を包んだ姿は、小説家というより服飾関係のデザイナーやミュージシャンのようだった。「もうすぐ文庫がでます」と、関西の柔らかなイントネーションで気さくに話しかけて下さった。

その時はそのくらいしかお話が出来なかったのに、『ゴールデンラッキービートルの伝説』のゲラとともにお手紙が送られてきた。こんな地方のイチ書店員に対してなんたる気遣い、さり気ない心配り。お洒落で文化的でスマートな方はやることまで粋だ。感激しきりで読んだゲラは、更に私好みで、これまたとびきりお洒落な作品だった。小説界切ってのお洒落番長・水沢秋生。

『あの日、あの時〜』でも思ったが、水沢さんの作品は画角がリアルに思い浮かぶ。

この場面が映像化されたら、この登場人物をあの俳優さんが演じてくれたら、つい妄想が捗ってしまう。『ゴールデンラッキービートルの伝説』は2011年に新潮エンターテインメント大賞を受賞した、水沢さんのデビュー作。小学六年生の男女三人の友情と成長を描いた物語である。ずいぶんざっくりとした説明で申し訳ないが、きっと今しがた『ミライヲウム』を読み終わり、その余韻に浸りながらこの文章を読んでいるあなたは「水沢さんの他の作品も読んでみたい」と思われているはず。そんなあなたに迷わずこの作品を薦めたい。

廃車場に打ち捨てられたぼろぼろのビートルを秘密基地に、小学生三人による懐かしさの過剰摂取のような過去パートと、三十代に成長した彼らを含むクラスメイト達のパートが交互に展開する。先が読めそうで読めないもどかしさを少しずつ解きほぐすように物語は進む。丁寧に張り巡らされた伏線は思わぬ形で回収され、読者を決して飽きさせることなく美しいラストに導いてゆく。本を閉じても流れ星のようにきらめきが尾を引くその余韻……。賢明な皆様はお気づきだろう。このデビュー作は、本作『ミライヲウム』への壮大な伏線とも言える物語なのだ。

文庫版『ゴールデンラッキービートルの伝説』発売後の2019年秋、福岡県久留米市のとある書店にて、水沢さんはじめ総勢十六名の作家さんによる合同サイン会が行われた。

地方書店にこんなに大勢の作家さんが一堂に会するイベントは比類なく、もちろんサイン会には参加したが、その内十名の作家さんはわざわざ当時勤めていた書店まで足を延ばして下さった。いずれも本にかかわる人の交流会でご縁を結んだ作家さんたちで、もちろん水沢さんもその一人だ。いくら〝ついで〟とは言え、厳密にはついでと呼べる距離でもない佐賀の書店まで来て下さるなんて、水沢さんはじめ十名の作家さんには感謝してもしきれない。来店記念に当店名物のくす玉を割ってもらった。お洒落な水沢さんが手作り感バリバリのくす玉を割るというシュールな動画は何度観ても面白いし、十名の作家さんが寄せ書きした大きなサイン色紙は私の宝物だ。水沢さんとの思い出は、たくさんの笑顔にあふれている。

さてここからは、皆様が『ミライヲウム』を読んだという前提で進めるので、未読の方は是非本作を読んだ後に戻ってきて欲しい。

水沢さんの御依頼でと小学館さんから送付されてきた『ミライヲウム』のプルーフ版。はやる気持ちで本を開き、すぐに物語の世界にのめりこんだ。交互に続く男女の一人語りパート。読み進めるうちにふっと頬を撫でるような、ほんの少しの違和感。違和感の正体に気付けないまま、先が気になってぐんぐんと読み進め……や、やられたー！　絶えず私を撫で続けていたモノが何だったのかが明かされた時の衝撃は忘れられない。そして「さあ、未来を変えましょう」。あの一行を読んだ時に、体の深いところからどっと噴き出してきた涙も（初読みから二年が経った2022年、ファミレスの座席でこれを書きながらまた涙を堪《こら》えているくらいに）。

〝二度読み必至〟この手のストーリーには割とよく添えられる宣伝文句だが、あんなにすぐ、それこそ〝必死〟で、最初から読み直した作品はそうそうない。私は何を見落として、何に引っかかったのだろう。この見事な仕掛けは一体どこから始まっていたのだろう。今度は紙とペンを用意し、時系列に沿って丁寧に伏線を拾っていった。もう出るわ出るわ、どこもかしこも伏線だった。こんなにヒントを出してもらいながら、なぜ見破れなかったのかと、むしろなぜこの仕掛けは成立してしまったのかと疑いたくなるほどに、フェアな伏線が張り巡らされていた。

出来上がった【二つの年表】を前に、ただただ嘆息。【二つの年表】を結ぶ線は、時に遡ったり追い越したりしながら複雑に交差し、私を翻弄していた。その見事さに、初読み時の間欠泉のような衝撃とはまた違う、静かなさざ波のような衝撃が私の中に広がった。

年表と共に書きなぐった感想はA4用紙で三枚に上り、そんな重めの感想を受け取った担当さんは「こんなに楽しんでもらえたなんて！」と喜んで下さった。

「本間さんのコメントを、是非本の帯に使用させて下さい！」

あまりの嬉しさに、二つ返事でOKした。私の精一杯の気持ちが帯に！　水沢さんも喜んで下さるだろうか。いや帯と言えば表紙と並んで本の顔じゃないか。そこにどこの馬の骨とも知れぬ書店員の推薦コメントが掲載されたところで、購買意欲を搔き立てることが出来るのか……。不安を感じつつも、帯の完成と本の発売をいつもより心待ちにしながら売り場の準備に取り掛かる。

手書きポップはムッちゃんとトモが向かい合うイラスト…いやトモに隠された仕掛けをほんのり匂わせるように、あえて女性はシルエットにしようか。夜空に打ちあがる花火の写真でパネルを作り、そこにオーロラ色に変化する折り紙で切り出したタイトル文字を貼り付ける。ミライは変わる、変化させる。そんな意味を込めて。文芸書売り場の一等地を空け水沢さんから届いたサイン色紙を展示し、サイン色紙に添えられていた一筆箋までラミネートして展示した。お手紙も飾っていいですか？　の無茶ぶりに、そんなものまで！　と笑いながら許可して下さった水沢さんに感謝。

そんな中、「表紙と帯のデザインが出来ました」担当さんから受信したメールをドキドキしながら開き……ズッコケた。帯にはでかでかと、

「とにかく読んで」

の七文字。予想以上にコメントが大きく掲載されていた嬉しさと、あれだけ長い感想から抜粋されたのがたった七文字だったという可笑しさがじわじわとこみ上げる。と、ともかくこれで準備は万全だ！

満を持して展開した『ミライヲウム』の売り場。恥ずかしながら私のお店では、それまで水沢さんの作品が売れた記録はほとんどなかった。しかし作品の面白さが売り場から伝わったのか、ふすいさんのイラストが美しい表紙の魅力か、「とにかく読んで」の帯コメントが効いたのか（？）、『ミライヲウム』はあっという間に売り切れ、その後の追加分もじわじわと売り上げを伸ばした。思いは伝わるんだと噛みしめていたところに飛び込んできた、重版決定の知らせ。

お洒落番長・水沢さんは私の大恩人となった。こんなに嬉しい気持ちを、書店員冥利というやつを教えて下さったんだもの。

『ミライヲウム』は、我が家の本棚の〝特別な本〟コーナーに収められている。私のコメントが誇らしげに幅を利かす帯が巻かれ、水沢さんの直筆サインが入った二年後、担当さんから届いたのは、「文庫の解説を本間さんにお願いしたい」という嘘みたいなメール。

あぁまた一つ、宝物が増えてしまった。

（ほんま・はるか／書店員）

―――本書のプロフィール―――

本書は、二〇二〇年七月に小学館から単行本として刊行された作品に加筆して、文庫化したものです。